삶은 어떻게 예술이 되는가

작가수업 2

삶은 어떻게 예술이 되는가

김형수 지음

아시아

1.

『삶은 언제 예술이 되는가』를 내고 한동안 책을 펼치지 못했습니다. 각주도 없고, 출처도 빈약하며, 인용의 정확도도 장담할 수 없었거든요. 일종의 강의록 같았던 건데….

강의실에서는 원래 수천 년에 걸쳐 형성된 지적 언어를 강사가 전횡하기를 밥 먹듯 합니다. 왜냐하면 육성에 담기지 않은 지식은 청자의 귀에 닿지 못하니까요.

한데, 반응이 좀 뜻밖이었습니다. 처음에는, 제목이 좋았나? 생각했어요. 나중에 유시민 씨의 추천이 있었던 걸 알았습니다.

저 유명한 「항소이유서」는 저희 세대에게 문장 독본이었어요. 창비에 소설 「달」을 발표했을 때는 문단에서 마주칠 날을 잔뜩 기대했지요. 인연이 닿지 않아 책도 보내지 못했는데, 얼마나 황송했는지 몰라요. 하지만 이런 건 모두 사적인 감회겠지요?

대신에 정신이 번쩍 들었다는 말은 꼭 남기고 싶어요. 글이라는 게 세상에 나가면 이렇게 숨을 데라곤 없다는 준엄함을 다시 느낀 겁니다.

2.

책이 제목에 값하는 내용을 담지 못했다고 불평한 네티즌이 있다고 들었습니다. 늦었지만 보충할게요. 우리 사회에서 제목으로 낚시하는 글을 쓰기 시작한 것은 신문 기사보다 문학이 먼저입니다. 못된 버릇인데, 저는 그럴 의도는 없었어요. 제가 문학을 처음 접한 것은 고등학교 문예반에 들어가서입니다. 선배들이 추천한 책 중에 스타니슬라프스키의 『배우수업』이 있었어요. 40년 전이라 기억이 좀 변질되었을 거예요.

어떤 연극 학도가 스타니슬라프스키 선생에게 연기를 배우고 싶었어요. 시험을 봐서 선생님을 만날 수 있게 됐습니다. 그래, "제군, 햄릿의 그 장면을 해봐." 말씀하자 얼떨결에 시늉을 했어요. "그렇지. 잘했어." 얼마나 기쁘던지 더욱 연습을 했지요. 다음에 마주쳤을 때 선생님이 또 시켜요. "제군, 햄릿의 그 장면을 해봐." 이번에는 기다렸다는 듯이 펼쳐보였습니다. 그런데 "에이, 그게 아니지." 학생은 당황했어요. 이건 뭐지? 서툴 때는 잘했다 하고 근사하게 했을 때는 아니라고 하다니! 마침내 물어요. "얼떨결에 했을 때는 잘했다 하시고, 잘했을 때는 못했다 하셨는데, 선생님의 진심은 어떤 겁니까?" 선생님이 말하죠. "아직도 몰라? 처음에 할 때 제군은 어디에 있었나? 내 앞에는 오직 햄릿밖에 없었어." 그런데 다음에 시켰을 때는 햄릿 역을 잘하는 배우 하나가 근사한 연기를 하고 있더라는 얘기입니다.

아, 예술이란 작위적인 게 아니로구나.

바로 이 문제를 다루는 소단원 타이틀이 '삶은 언제 예술이 되는가' 였어요. 이 말은 스타니슬로프스키 선생에게서 가져왔다고 말하기 어려울 만큼 언젠가부터 저의 일부가 되어 있었습니다.

3.

참된 예술은 아마도 삶과 표현의 경계가 사라져 버린 자리에 놓여 있을 겁니다.

어느 자리에서 우연히 배우 문성근 씨가 감독에게 하는 이야기를 들었어요.

문 : 배우는 카메라가 오는 순간을 알아요. 저 장면 보세요. 카메라 앵글이 볼에 닿는 순간 배우가 액션을 시작하죠?

감독 : 그것이 왜 문제지요?

문 : 연출된 순간이니 관객에게는 한없이 멋있어 보이겠죠. 그러나 배우는 그걸 사취하면 안 됩니다. 그렇게 되면 분위기가 토막 나요.

대략 이런 내용인데, 어찌나 인상 깊었는지 몰라요. 그래, 연기노트를 책으로 써보면 좋겠다고 건의했어요.

그리고 얼마 후 누구에게 들은 얘기입니다.

바닷가의 길이가 얼마나 되는지 잴 수 있을까요? 백사장에 직선이 어디 있습니까? 모래알 하나하나의 우둘투둘한 둘레를 다 계산하면 무한대가 될 거예요. 삶의 순간들이 그렇습니다. 토막 내지 않고 연결하면 인간의 동작도 시작과 끝이 없는 무한대가 됩니다.

저는 문성근 씨가 그런 점을 염두에 두고 있다고 생각했어요. 과연, 〈무릎팍 도사〉에 나와서도 그 얘기를 해요.

문 : 우는 사람은 모두 눈물을 참으려고 노력합니다. 그런데 연기자는 울려고 노력해요. 마찬가지로 악한은 착하게 보이려고 노력하는데 연기자는 험악하게 보이려고 해요. 잘못된 겁니다.

'자연'을 '인위'로 해결하려는 모순을 지적한 거예요. 정확히, 삶은 언제 예술이 되는가를 말한 거지요.

이때 질문이 남아요. 그럼 어떻게 하라고?

이 책은 바로 그런 문제에 답해보려는 고민 속에서 준비된 겁니다.

4.

이 책을 누가 볼까요?

독자는 추상화된 가치관보다 오히려 실용서에 가깝다 할 만큼 구체적인 요령을 찾을 거예요. 그러나 '사설 학원'과 '공교육 기관'이

다르듯이 사사로운 실기 안내서로 '문예창작학'을 대신할 수는 없습니다. 피아노 학원에서는 베토벤을 기를 수 없잖아요.

그럼 어떤 것이 인문학으로서의 예술론에 값할까요? 이건 실로 고민되는 영역이 아닐 수 없습니다.

저는 책 제목을 예정대로 『삶은 어떻게 예술이 되는가』로 밀고 가고자 합니다. '언제'가 '어떻게'로 바뀌면 디자인 상 두 글자 모양이 세 글자 모양으로 바뀌어야겠지요. 전자가 기성 이론을 창의적으로 해석하고자 했다면 후자는 제가 의미 있는 움직임들을 모아서 독자적 실천 담론을 구성한 것이 됩니다.

제가 좋아하는 한 성자의 시에 이런 게 있습니다.

소나무는 일천 개의 봄볕을 모아 언덕 위에 서 있고
시냇물은 일만 봉우리의 가랑비를 모아 계곡에서 흐른다

꿈이지만 좀 황홀한 시인 건 사실이에요.

5.

늑대의 세포에는 늑대가 잡아먹은 양의 흔적이 새겨진다 합니다.

이번 책에서 제가 '발견'보다 '발명'을 지향한 건 사실입니다. 그렇다고 자주 오르내린 뒷산이 없었던 건 아니에요.

서점에는 창작 실제에 대한 책들이 수백 종에 달하지만 비교적 진중한 작가들의 실전 고백을 들을 기회는 드물지 않을까 합니다. 그게 취약한 이유는 근대 학문의 성격과 관련되어 있어요. 이창호에게 바둑원론을 써달라고 말할 수는 없으니까요.

하지만 근대 이전에 나온 참고문헌 중에는 그런 게 없지 않아요. 예컨대 1117년에 곽희라는 산수화가가 창작 실제에 대해 진술한 글이 「임천고치」인데, 이를 창조적으로 의역하면 문학창작에 크게 도움이 됩니다. 대신 곽희가 '산수'라고 했던 말을 '삶'으로 고쳐 읽어야죠. 덤으로 문학창작만 별난 게 아니라 모든 창조활동이 그런 신비를 거느리고 있다는 사실도 알게 될 거예요.

우리의 경우에도 문학적 성취도가 높은 분들이 창작 실제에 대해 한마디씩 남긴 게 있습니다. 책으로 엮여 있지 않아서 손수 구하는 노고는 좀 해야겠지요. 또한 '창작 실제의 몸통을 밝히는 글'이 아니라 팔이나 다리 같은 파편들뿐이라 제가 언젠가 친구들에게 창작의 실제 과정에 대해서 이렇게 저렇게 추정해가며 묻고 듣고 했던 적이 있어요. 스무 명 넘게 경험담을 모아보니 어떤 흐름이 생겨서 오늘의 토대가 됐습니다. 거기에 조정래의 『태백산맥』 보고서, 박경리가 『토지』 2부를 끝내고 남겼던 대담, 황석영의 서면 인터뷰, 황지우, 김준태 시인 등의 습작 메모 따위를 읽고 정리하여 저의 척추를 얻었습니다.

끝내 엉성한 것은 제 본 모습이에요. 그래도 본문에서 말할 때는 여전히 강사가 된 자의 전횡을 드러낼 텐데 눈감아 주시겠지요?

차례

1장

창작에 앞서 준비할 것들

예비군복 효과

창작 실제에 대한 이야기를 시작할까 합니다. 첫걸음을 어느 쪽으로 뗄까요?

엊그제 누가 질문을 해요. "글 쓰는 사람들은 담배를 많이 피우는데, 이게 문학하고 관련이 있는 겁니까?" 웃으면서 말했어요. "관련이 없지 않을까요?" 문학적 자의식이 형성된 분이 물었다면 정반대로 답했을 거예요. 관련이 있을 겁니다. 맞아요. 글쓰기와 밀접한 관계가 있습니다. 가령, 무대예술이나 공연예술을 하는 사람들, 특히 영화나 가요 쪽에서 활동하는 사람은 일반인이 보기에 좀 별난 모자를 쓰고 색안경도 착용하지요? 알려진 얼굴이라 감추느라 그럴까요? 그런 점도 있긴 하겠지만, 그것뿐이라면 눈에 잘 띄는 패션이나 스타일을 되도록 피하는 버릇도 들었겠지요. 분명한 것은 그들이 공무원처럼 넥타이를 매고 살지 못하는 이유가 그들의 직무와 밀접히 연관되어 있다는 거예요. 작가들이 담배, 술, 커피를 가까이 하는 것도 연예인들이 선글라스, 모자, 액세서리를 끼는 것과 비슷합니다. 이런 게 모나고 싶어서 하는 짓이 아니라 그들의 일상을 구성하는 하나의 흐름이고 문화라는 얘기예요.

혹시 '내적 저항'이라는 말을 들은 적이 있으세요? 학문적으로 개념화된 용어가 아닙니다. 하지만 창작자들은 금방 알아들을 거예요. 내적 저항이란 무엇이냐? 작가가 글을 쓸 때 어떤 분들은 천부적인 재능이 있어서 그냥 휘갈길 것으로 생각하는데 사실은 그렇지 않습니다. 문학적 자의식이 없는 사람은 문장을 아무렇게나 쓸 수 있을지 몰라도 문학적 자부심이 큰 사람은 자기 눈높이 때문에 한 구절 한 구절에 상당한 공력을 들이지 않을 수 없습니다. 그런 까다로움 때문에 생기는 현상일 텐데, 작가들은 글 쓰는 걸 꽤 무서워합니다. 쓰고자 하는 것이 있어도 엄두가 나지 않을 때가 많아요. 특히 빨리 써야 하는 숙제를 받으면 심리적 압박감이 이만저만이 아닙니다. '빨리 가서 써야 한다, 써야 한다.' 그래서 컴퓨터를 켰어요. 그럼 자리에 앉아야 하는데 이번에는 아무리 주저앉히려 해도 엉덩이가 의자에 닿지 않습니다. 조금 과장하면 마치 사형수가 형틀에 앉는 걸 두려워하는 것과 같아요. 그래서 선 자리를 뱅뱅 돌기도 하고, 때아닌 방 청소도 하죠. 그래도 앉혀지지 않으면 손톱을 깎습니다. 한참 그러다 다시 마음을 다잡고 앉으려고 해도 또 앉혀지지 않아요. 이렇게 마음을 잡기 어려운, 몸이 잘 안 앉혀지는 증상을 일컬어 내적 저항이라고 합니다.

작가란 글쓰기의 내적 저항과 싸우는 것이 일상화된 존재예요. 작가가 되려면 내적 저항을 이기고 책상에 앉는 훈련을 언제나 하고 있어야 하죠. 그런 도구로서 커피, 담배가 사용되는 예가 많습니다. 우리나라만 그런 게 아니에요.

독일 시인 쉴러는 시를 쓸 때 바로 코 밑에 책상뚜껑 아래 숨겨둔 썩은 사과의 냄새를 맡기를 즐겼다. 시인 월트 드 라 메어는 글 쓸 때 담배를 꼭 피워야 한다고 나에게 말했다. 오든은 차를 한없이 마신다. 커피는 내 중독물이다. 그밖에 또 담배를 많이 피우는데 나는 글을 쓸 때를 제외하고서는 담배를 거의 피우지 않는다. 내가 또한 의식하는 것은 정신을 더욱 집중함에 따라 입안의 담배 맛이 차차 잊혀지는 경향이 있어서 그때마다 외부로부터의 감각이 내가 내 주위에 건축한 정신 집중의 장벽을 뚫고 들어오도록 한꺼번에 담배를 두세 개씩 피우고픈 마음이 생긴다는 것이다.

영국의 시인 스티브 스펜더가 「시의 제작」이라는 글에서 했던 말입니다.

이 같은 버릇이 왜 들었을까요? 다시 말씀드립니다. '방편'이 필요했던 겁니다. 영화배우나 가수가 색안경을 끼고 복장을 특이하게 하는 것도 무대 위에 올라가기 위한, 혹은 작품에 임하기 위한 내적 저항을 줄이려는 문화적 도구, 즉 방편이에요.

예술가가 문화적 방편을 쓰는 것은 마치 민간인이 군사훈련을 받기 위해 예비군복을 입는 것과 같아요. 예비군복 효과 알지요? 예비군들이 가장 많이 받는 지적이 뭐냐면, 그토록 점잖은 신사가 왜 예비군복만 입으면 아무 데서나 오줌을 싸느냐, 하는 겁니다. 맞아요. 함부로 오줌도 싸고 땅에 뒹굴기 위해 예비군복을 입습니다. 아무리 버릴 옷이라도 양복이나 일상적 복장을 하면 군사 행위가 가능해지지 않잖아요. 내적 저항 때문이에요.

말이 나온 김에 한 가지 더 살펴볼까요? 작가들 중에는 왜 술꾼이 많은가 하는 거예요. 일상적으로 글을 쓰는 사람들은 내적 저항 못지않게 극복해야 하는 것이 한 가지 더 있습니다. 어떤 작업을 하나 끝내고 나면 여진이 남아서 다음 작업을 하는 데 방해가 됩니다. 예컨대 내면의 쓰레기통에 남아있는 것들이 아우성이라도 치듯이 뒷작업에 계속 간섭을 해요. 그래서 쓰레기 문제로 몸살을 앓는 뒷골목 신세가 되죠. 이때 반미치광이가 되도록 술을 마시고 퍼졌다가 깨어나면, 전에 쓰던 글의 여진이랄까 부스러기들이 말끔히 청소가 되어서 백지 상태로 글을 쓸 수 있게 되거든요. 제가 볼 때 소설가들의 폭음은 주로 이런 용도로 사용되고 있으니 그 역시 '방편'이지요.

여기서 한번 생각해 봅시다. 방금 얘기한 우스꽝스러운 '방편'들이 의미하는 건 뭘까요? 글쓰기에는 희열도 따르지만 고통도 말할 수 없이 큽니다. 대부분의 작가들은 그것이 치가 떨리도록 무섭다고 말해요. 엊그제 페이스북에 소설가 박범신 선생의 글이 올라왔는데, 그 신물 나는 현상을 하도 실감 나게 그려서 제가 자다가 몇 번을 깼는지 몰라요. 인용해볼게요.

소설 "꽃잎보다 붉던" 탈고하고 탈진했다. 어깨도 막 쑤시고 ㅠ 병원 다녀오면서 생각했다. "이 끔찍한 짓을 앞으로 또 할까"

고인이 된 작가 박영한이 암에 걸린 상태로 한 말. "암이 소설쓰기보다 더 무섭진 않다!" 동감이다. 소설쓰기는 아무리 써도 내공이 쌓이지 않는다. 자주 무섭고 캄캄하다. 쓰면서 길을 잃는 수도 많다. 인생 이외에 어떤 텍스트도 없으니 그렇다.

그럼 왜 쓰는가.

간단하다. 내 경우, 안 쓰고 사는 일이 쓰고 사는 일보다 더 불행하기 때문이다. 더 불안하고 우울하며 더 권태롭기 때문이다. 끔찍한 짓이지만 쓰는 것이 나를 시키고 사는데 더 유리하기 때문이다.

그러므로 탈진의 국면이 지나면 아, 나는 반드시 또 이 짓을 시작할 것이다. 불치병이다. 글쓰기의 병은 글쓰기로 견디는 게 그나마 제일 상수다. 나는 그렇다. 난감한 일이 아닐 수 없다.

재미있죠?
에효, 그러나 한편으로 안쓰러운 일이 아닐 수 없습니다. 글쓰기가 얼마나 힘들었으면 그리도 몸살을 앓겠습니까? 이제 그런 어려운 일을 어떻게 헤치고 갈까 하는 이야기를 시작하도록 하겠습니다.

천부적 재능에 대하여

엉뚱한 이야기가 되겠습니다만, 저는 창작에는 몇 가지의 마술 같은 요령이 있다고 믿습니다. 그것을 누군가에게 배우지 않으면 상당한 시행착오를 겪을 수 있어요. 그를 위해 먼저 '창작에 임하는 가치관의 정비'가 매우 중요한 실제의 일부임을 깨달을 필요가 있습니다.

이 대목에서 짜증이 치미는 사람도 있겠지요? 아니, 글이라고 하는 것이 그냥 쓰면 될 일이지 거기에 무슨 놈의 가치관이 필요하고, 정비하는 과정까지 필요할까? 그러나 장거리 주행을 떠날 차량은 반드시 정비 과정을 거쳐야 합니다. 비슷한 예를 들어볼게요. 서울에서 월드컵을 했던 게 2002년 6월이었죠? 당시 한국 팀의 지휘봉을 잡은 게 히딩크인데, 별명이 '오대영'이었습니다. 어디 가서 매번 5:0으로 진다고 언론이 툴툴거릴 때마다 이상한 답변을 해요. "여차저차 한 작전을 세웠는데 선수들이 수행해 냈다. 만족한다." 이 말이 맞으려면 축구란 경기장 안에서만 시작되고 끝나는 게 아니라는 인식이 필요해요. 실제로 히딩크는 한국 대표팀의 엔진을 정비하고 있었을 거예요. 엔진이라니요? 자동차 회사들처럼 축구팀에게도 그런 게 있기 때문에 브라질을 '삼바 축구'라 하고, 독일을 '전차군단', 프랑스를 '아트 사커'라 합니다. 축구팀 하나의 작동 방식에도 그들이 속한 집단의 문화와 공동체의 상상력이 개입된다는 걸 부정할 수 없어요. 과연 히딩크는 월드컵 개막 50일을 남겨 놓고 "목표치의 50퍼센트에 이르는 준비가 끝났다. 이제 하루에 1퍼센트씩 컨디션을 높여 가면 50일 후에 최상의 조건이 만들어진다. 100퍼센트의 상태에 이르면 놀라운 성적을 낼 것이다." 말했어요. 감독이라는 게 군기반장을 하는 게 아니라 마치 작가처럼 무엇을 창조하는 사람이구나 하는 생각을 갖게 한 거죠. 그가 준비한 게 무엇일까요?

글을 쓸 때도 히딩크처럼 뭔가 준비를 해야 할 것들이 있습니다. 그런 준비 중에는 '비법'이라는 것도 있어요. 좀 초보적인 예를 하나 들어볼게요.

문인바둑대회를 할 때 2급 이상 되는 사람들이 갑조에 속했어요. 프로기사는 없으니까 빼고, 아마추어 2단, 3단, 4단, 5단까지 갑조, 그리고 3급, 4급, 5급, 6급까지는 을조가 됐는데, 여기서 을조 이하에게만 해당되는 비법이에요. 그들은 딱 한 가지 요령만 터득해도 두 단계 실력이 올라가요. 대회 전날까지 6급 수준에서도 성적이 조금 떨어지는, 고로 을조에서 우승을 할 확률이 전혀 없는 사람이 전날 밤 고수에게 딱 한 가지를 배워 우승한 거예요. 그게 너무나 간단한 것인데, 평소에 바둑돌을 만지작거리는 습관을 없앤 겁니다. 초보자들은 돌을 만지작거리도록 놔두면 화가 날 때 곧바로 두는 버릇이 있어요. 이걸 금하는 건 상당히 어려운 일입니다. 그래서 둘 자리를 찾을 때까지 아예 돌에 손을 못 대게 해야 돼요. 상대가 심기를 건드려도 화가 나는 대로 응수하는 게 아니라 마음을 가라앉히고 자기에게 최선의 자리가 어딘지를 판단할 때까지 참을 것, 반드시 그 다음에 돌을 집을 것, 이거 하나만 지켜도 두 단계의 수준이 쑤욱 향상됩니다.

비법 맞죠? 우스갯소리로 하는 말이 아니에요. 저는 이 책에서 글쓰기의 실제에서 사용되는 마술 같은 비법을 몇 가지 소개할 생각인데, 순서 상 예고편 급에 속하는 비법이 방금 말씀해드린 겁니다. 다시 정리하면 '작가는 써야 할 내용이 또렷해질 때까지 자판을 만지작거리면 안 된다!'가 되겠어요. 지금 이 말이 너무 추상적으로 들린다면 꼭 기억해두었다가 제2장에서 다시 확인하시기 바랍니다. 그때 틀림없이 '아아!' 하고 깨닫게 될 거예요.

그럼 보다 중요한 비법을 소개해 가도록 할게요. 창작 출발에서 완료까지에 이르는 순서도 그 자체로 비법에 속하므로 일단 그걸 중심에 두면서 나머지 이야기를, 제기되는 대로 좀 차근차근 풀어볼까 해요. 처음에는 약간 에돌아갑니다.

무슨 일이건 잘하려면 반드시 어떤 사소한 시행착오, 미세한 자기 통제, 별로 중요해 보이지 않는 자기 조절, 이런 것을 예비하기 위한 호흡 고르기가 필요합니다. 작가는 출발선상에 나서는 순간이 꽤 중요해요. 시작이 반이라는 말도 은유로 받아들이면 안 됩니다. 문학 작품은 집필이 시작될 때 이미 수준이 어느 정도까지는 결정되어 있기 마련이에요. 가령, 글을 쓰는 사람이 스스로 고무되어 있지 않으면 필시 자기 역량보다 키가 작은 작품이 나옵니다. 작가의 내면이 문학적 실감으로 충분히 고양된 상태에서 첫 문장을 끄집어내면 평소에 유지하던 수준보다 높은 단계의 작품이 나올 거예요. 이를 이렇게 설명할 수 있어요.

신(神)이 당신의 어깨 위에 내려앉지 않았으면 당신은 지금 글쓰기를 시작할 준비가 되어 있지 않습니다.

준비가 덜 된 상태에서 집필을 서두르면 틀림없이 실패작이 나올 거예요. 예술을 성공이나 실패 같은 언어로 설명할 수는 없지만 이를테면 그렇다는 거예요.

그렇다면 글 쓰는 사람이 어떻게 해야 신이 어깨 위로 내려와 준단 말입니까? 당연히 창작자가 신이 앉을 자리를 만들어줘야겠죠. 그러려면 마음을 비워야 하는데, 우리가 어떤 일을 하던 마음을 비우려면 먼저 그에 임하는 태도의 분열 증세를 없애야 합니다. 특히 글쓰기에 임하면서 마음의 평정을 유지하는 건 쉬운 일이 아니죠. 하고자 하는 일이 상당히 어려운 일에 속하니까요.

문학을 하는 사람들이 다른 예술 장르의 사람들에게 정말 하소연 하고 싶은 것이 있다면 문학은 문자가 아니고는 어떤 것으로도 문제를 해결할 길이 없다는 점이에요. 글쓰기는 장비의 도움을 받을 수 없어요. 하청을 줄 수 있는 유관업체, 서비스센터, 기계라든가 시스템 따위도 일체 없어요. 어떤 이야기를 해도 한눈을 파는 사람에게는 주먹으로 한 대 치고 싶을 수도 있는데, 독자는 늘 주먹이 닿지 않는 곳에 있습니다. 과감히 장풍을 날려보지만 아무리 놀라운 표현을 해도 졸던 사람은 전혀 아파하지도 않고 여전히 졸아요. 속수무책이란 이런 겁니다. 그런 사람들에게 문자 몇 개를 던져서 자신이 주목하는 어떤 세계로 끌어들인다, 흡수해서 졸지 못하게 한다, 소통하게 만든다 하는 것은 글을 쓰는 사람들이 가지고 있는 가장 큰 어려움 중 하나입니다. 그래서 문학을 하는 사람에게는 어떤 수양이 필요해요. 문학적 신념이 뒷받침되지 않으면 작품 하나를 시작해서 마침표를 찍기까지의 멀고 먼 거리를 완주하지 못합니다. 그런데 역설적이게도 글을 쓰는 사람은 대부분 어떤 분열적 상태에 시달리고 있기 십상입니다. 그럴 수밖에 없어요. 너무나 성격이 예민하거든요.

어떤 사람이, 문학에도 천부적인 재능이라는 게 있을까, 물어요. 그런 게 왜 없겠어요? 인간이 하는 일 중에 천부적 재능이 없는 영역이 어디 있겠습니까? 평발은 육상 선수가 되기에 불리하고, 음치는 훌륭한 가수가 되기 어렵죠. 그렇다고 극복하지 못할 바도 없긴 합니다. '그라운드의 엔진'이라는 별명을 얻었던 박지성 선수가 평발이었잖아요. 1970년대를 풍미한 가수 중에 장현이 있어요. 주로 신중현이 작곡한 노래를 불렀는데 고성을 못 낸대요. 그는 천부적으로 가수가 되기 어려운 목청을 가지고 태어났지만 얼마나 훌륭한 노래를 많이 남기고 갔습니까. 〈미련〉〈석양〉 이런 노래들을 요새 사람들은 잘 모르지요?

그렇더라도 천부성이라는 건 있어요. 문학은 어떤 것을 타고나야 좋을까? 저는 이렇게 생각합니다. 문학을 잘하는 사람에게 공통된 기질이 있어요. 가령, 우리가 같이 앉아서 이야기를 하다가 김군이 화장실에 갔어요. 그 틈에 한참 흉을 보게 됐죠. 그리고 나서 어느덧 축구 이야기, 정치 이야기, 음악 이야기로 넘어간 상황입니다. 이때 김군이 화장실에서 돌아와 자리에 앉다가 이상한 느낌을 받아요. 그래서 옆 사람한테 "방금 내 얘기 안 했어?" 이렇게 묻는 경우가 있지요? 감수성이 예민해서 실내 공기의 입자들이 미세한 파동을 일으킨 것까지 감지해 내는 사람 말이에요. 눈으로 쳐다보지 않고도 뒤통수로 읽어내는 사람. '그래, 너희끼리 눈짓으로 욕해라. 내가 모를 줄 알고?' 이런 예민한 사람들이 일단 천부적 조건을 가지고 태어난 사람들입니다. 그들은 남이 발견하지 못하는 것, 남이 잘 느끼지 못해서 가슴 아프지 않아도 되는 것을 늘 아파해야 합니다. 스트레스를 많이 받지요. 인간관계에서 발생되는 작은 작용들, 눈빛으로 주고받는 것 중 나한테 불리한 것은 모르고 지나가면 상처도 안 받아요. 그런데 그것을 일일이 다 읽고 쓸데없이 가슴 아파하는 것을 어떡합니까? 관찰해 보세요. 대부분 그런 상처를 잘 받는 값으로 글을 잘 씁니다. 브루노라는 사람이 바로 그 때문에 『천재와 광기』라는 책을 쓰면서 서문에 이런 걸 밝혀요.

앙드레 모루아는 《약속 받은 땅》에서 (작중인물의 대화를 통해) 다음과 같이 질문한다.

"그렇다면 박사님, 당신의 말대로라면 남자든 여자든 모든 소설가들은 신경쇠약증 환자이겠네요?"

그는 이렇게 대답한다.

"보다 정확히 말해서, 그들이 소설가가 되지 못한다면… 모두 신경쇠약증 환자가 될 것입니다…. 신경증은 예술을 만들고 예술은 신경증을 낫게 하지요."

천재와 광기에 대한 커다란 신비는 하나의 기성관념처럼 나타나는데, 모루아는 이것을 '신경증이 예술가를 만든다'는 멋진 표현으로 요약하고 있다.

그래서 그들이 문학의 길을 찾지 못했다면 어떤 존재가 됐을지 알 수 없어요. 좀 외람된 말씀입니다만 우리 시대의 대표 작가들도 글을 쓰지 않았다면 터무니없는 말썽으로 이웃을 고생시켰을 수도 있고, 정신병원으로 실려 갔을 수도 있습니다. 그런데 그것이 문학으로 쏟아져서 긍정적이고 창조적인 에너지를 만들어 냅니다.

여기서 잠깐 정돈하고 갑시다. 내적 저항은 글쓰기의 어려움 때문에 생겨난 것이고, 신경과민은 천부적 재능 때문에 부여된 악덕입니다. 창작에 임하는 사람들은 이 두 가지의 충돌 때문에 늘 신념과 분열의 경계에 서 있게 돼요. 그것이 잘못된 것은 아니지만 사람을 강퍅하게 만드는 건 사실입니다. 그렇게 강퍅한 사람의 어깨 위에 어떻게 신이 내려와 앉겠습니까? 이걸 쉽게 극복하려고 서둘다 보면 내면의 치열성을 주체하지 못해 혁명가가 되거나 거꾸로 도인처럼 차원 높은 세계에 심취해서 신비주의자가 되기 십상이에요. 그러나 훌륭한 작가가 되려면 혁명가처럼 뛰어다니기만 해서도 도인처럼 토굴 속에 앉아 있기만 해서도 안 됩니다. 그럼 어떻게 해야 될까요?

모든 창조자에게는 정서불안이 있다

　문제를 객관적으로 이해할 수 있게 되면 답은 이미 얻은 거나 다름없습니다.

　꽤 오래전에 연세대 출판부에서 『예술 창조의 과정』이라는 편역서가 나온 적이 있어요. 위대한 창조자가 반드시 예술에만 있는 건 아니겠죠? 음악가, 작가, 화가 외에도 위대한 발명가, 과학자 등등 어떤 일의 해석자가 아닌 창조자들이 자신의 세계에서 겪은 현상이나 소감에 대한 메모, 인사말 따위를 발췌한 책이었어요. 재미는 좀 없는데 읽다 보면 모든 창조 행위의 밑바탕에 어떤 공통점이 있다는 걸 느낄 수 있습니다. 여기서 보면 창조적 영감이 어디에서 흘러나오는가 하면 유감스럽게도 '정서불안'에서 나와요. 문학의 영감도 태반이 '정서불안' 상태에서 솟구칩니다. 여기에 좀 아연실색할 사람이 많을 겁니다. 흔히, 우리 아이가 정서적으로 불안하니 문학을 가르쳐야겠다, 문학을 통해 차분하고 사색적인 아이로 바꾸어야겠다, 생각하는 학부모들이 그렇겠죠. 이 사실은 그런 믿음을 거꾸로 뒤집어놓기에 충분합니다. 정서적으로 불안한 아이를 문학의 창조 과정에 밀어 넣으면 더욱 불안정하게 될 테니까요. 그걸 유추할 수 있는 예는 흔해요. 제가 어렸을 때 시골에서 병든 할머니를 모시고 담배 가게를 하는 소녀가 있었어요. 그 아이가 오랫동안 담배 가게를 지키다가 사춘기 어느 때부터 소설을 읽기 시작하더니 어느 날 할머니만 남겨놓고 사라졌지 뭐예요. 섬 혹은 농촌에서 안정되게 농촌적 삶, 섬에서의 삶을 이어오던 사람이 문학에 눈을 뜨면 탈주의 모험을 감행하는 경우가 많습니다. 소설은 순 선동가예요. 문학은 빠삐용의 영혼을 담는 그릇입니다. 그래서 예술, 창조 이런 낱말은 형용사보다 동사와 친하고 안정보다 변화에 어울려요. 이는 우리에게 창조적 감수성이 위기감, 불안감, 주변 세계로부터 받는 상처, 마음의 파동 등을 밑천으로 발동되고 있음을 가르칩니다.

신이 어깨 위에 내려오기에 점점 어려워질 얘기만 하네요.

그런데 실제 작품을 쓰는 사람에게는 여기에 그것을 더욱 흔드는 사안이 얹히게 됩니다. 창조할 모형이 머릿속에는 있는데 현실에는 없으니까요. 자기가 쓰고자 하는 작품이 마음속에는 있는데 눈앞에는 없을 때 얼마나 안타깝습니까? 글 쓰는 사람들에게 두드러지게 나타나는 현상 중 하나는 자기가 쓰려고 하는 것이 시중에 나와 있는 것보다 뛰어나다고 생각한다는 점이에요. 그런데 그게 곧장 책으로 나올 수는 없는 형편이에요. 머릿속에는 있는데 현실에는 없다는 말은 자기에게는 있는데 세상에는 없다는 말이잖아요. 그랬을 때 우리는 자기의 능력을 증명하고 싶어도 물증을 내놓을 수 없습니다. 그럼 어떻게 되겠어요? 마음의 안정과 평화를 누릴 수 없겠죠? 이걸 극복하라고 작가들이 '어깨의 힘을 빼'라고 말하곤 합니다. 그렇지 않으면 어깨 위로 신이 내려오지 않기 때문이에요.

어떤 다큐멘터리에서 정신분열증 치료를 하는데, 환자로 하여금 식물이 굉장히 빠른 시간에 자라는 걸 체험하게 하대요. 넓은 농장에 물을 뿌리고 지나갔다가 돌아올 즈음이면 자기가 물을 주었던 꽃들이 피어있는 걸 보게 해요. 그러니까 자기가 땀을 흘린 결과를 바로 확인하게 하는 겁니다. 분열증은 대개, 짐은 무겁고 할 일은 많으나 거기에서 얻는 의미나 보람, 결실의 크기는 미약할 때 생긴다고 합니다. 노동자들이 일을 하지 않으면 먹고 살길이 없잖아요. 그래서 꾹 참고 조그만 나사못을 만드는 일을 날마다 반복하고 있는데, 환경은 열악하고 자신은 일의 보람으로부터 소외되어 있습니다. 그게 어디에 사용되는지, 그런 일이 무슨 의미가 있는지 알 수 없어요. 이걸 감당하는 건 얼마나 고통스러운 일입니까? 글쓰기에도 그런 소외 현상이 발생할 수 있어요.

창조자들은 이 같은 정서불안의 조건을 배제하려 하지 말고 사용하려 해야 합니다. 제가 어느 대학 신문에서 원고 청탁을 받은 적이 있는데, 주제가 '밤에 쓰는가, 낮에 쓰는가'였어요. 실제로 아침 8시에 시작해서 직장 근무를 하듯이 8시간 노동으로 글을 쓰는 사람도 있습니다. 저도 처음에는 감탄했는데, 점점 아니라는 생각을 갖게 됐어요. 그건 예술창조가 아니라 문학상품을 구성하는 노동이잖아요. 저는 질문의 참뜻이 세속의 시간에 쓰느냐 신화의 시간에 쓰느냐에 있었으리라 생각합니다.

자, 바로 이 대목, 글은 언제 쓸 것인가 하는 질문 속에 답이 들어 있어요. 글을 쓰는 시간은 세속이 아니라 신화의 영역에 속하는 것입니다. 여기서 신화의 영역이라 함은 비유컨대, 현대회화적 사고가 아니라 고대 암각화적인 사고가 작동되는 때를 말해요. 원시 인류의 지력, 사고, 정신활동의 특징은 통합적 사고로 이루어져 있어서 우주에 대한 인식 그 자체를 기초로 해요. 그것은 분석적 사고의 방해에 휘말리지 않는 천재의 영감에서 비롯된 것이며, 우주의 깊숙한 비밀에 접근하는 것입니다. 말이 어렵죠? 벌레가 더듬이로 세계를 읽듯이 우리도 촉수를 드리워서 외부를 감지하는 상태를 만들자는 얘기예요. 이렇게 신화성, 영성을 띠는 세계인식을 편의상 '통합적 사고'라고 한다면, 오늘날에도 소통되고 있는 그런 유형의 사유형식이 예술에 있음을 간과할 수 없겠죠. 시 한 편 읽어볼게요.

눈 내린다/마을에서 개가 되고 싶다/마을 보리밭에서 개가 되고 싶다/아냐/깊은 산중/아무것도 모르고/잠든 곰이 되고 싶다/눈 내린다/눈 내린다

고은의 「눈 내리는 날」이라는 시인데, 바로 이 시의 화자가 처해 있는 상태가 신이 어깨 위로 내려와 있는 상태가 아닐까 합니다. 어찌 보면 자아의지가 만들어낸 상태가 아니라 보다 근원적인 생명의 율동에 휩쓸려 있는 상태라 할 수 있지요.

물론 여기에도 예외적인 경우가 없지 않아요. 고도로 훈련된 작가는 시간을 정해놓고 글을 써도 자신을 그렇게 몰아갈 수 있을 겁니다. 가령, 그곳을 향해 일상의 기쁨으로부터 자기를 유배시켜 버리는 작가들의 노력은 꽤 감동적입니다. 다음은 제가 황석영 선생에게 들은 얘기예요.

김 : 선생님의 집필 과정은 정말 대단합니다. 버스가 매일 시간을 지켜야 하는 것처럼 연재도 그렇게 프로페셔널하게 하기가 참 힘든데 말입니다.

황 : 직업작가는 예술의 공포, 그 초조감, 그런 데서 벗어나야 돼. 벗어나서, 팍 뛰어서, 이건 노동이란 말이야. 발자크가 그랬잖아. 열두 시 되면 무조건 책상에 앉는 거야. 잉크 잘 배는 원고지하고 적당히 닳은 펜 두 자루를 맨날 준비시켰다는 거 아니야, 하인한테. 그래서 자정 가까이 들어오면 그때부터 앉아서 이튿날 8시, 9시까지 쓰고, 그러면 하인이 출근을 해. 출근해서 제일 먼저 하는 일이 목욕물을 데워. 그럼 물에 담그고 퍼져서 밤새 쌓였던 작업의 긴장을 좀 풀고. 발자크가 건축도 하고, 요새로 말하면 집장사 같은 것을 해서 집도 만들어서 팔고 주택단지 개발도 하고 별 소동을 다 벌였어. 그래서 원고지 옆에 설계 그림도 있고 사업계획도 있고 그래. 최초로 증권을 했으니까, 망하고 또 망하고 그래서 발자크의 경우에는 빚이 산더미야. 월터 스콧도 그렇고. 빚 갚으려고 소설을 쓰는 거야. 그래서 발자크는 돈 많은 귀족

과부를 얻어야 되는 거야. 그걸로 한몫에 이 빚들을 해결해야 돼. 같은 경우로 도스토예프스키는, 빚이 워낙 많으니까, 자기 형이 출판사 차려서 망한 빚을 다 갚아야 하는데 한몫에 안 갚아지니까 노름을 한 거야.(웃음) 이왕 빚이 있는 바에는, 하면서. 그래서 발자크는 오후에 일어났어. 한 두세 시에 일어나서 간단히 뭘 먹고 잘 차려입고 사교계에 나가는 거야. 살롱에서 여자 하나 꼬드겨서 결혼하려고. 그러다가 밤 되면 또 돌아와서 일하고. 그러면서 「인간희극」 같은 걸 쓰고 묘비에 '커피 삼만 잔' 이렇게 쓰는 건데. 직업작가는 바로 그런 일상과의 싸움을 해내야만 돼. 그런데 대부분이 나보고 '황석영이는 맨날 노는 것 같아. 여기 가서 껄껄대고 저기 가서 술 먹고 그러면서 언제 쓰나?' 아니 나를 한 달에 몇 번이나 보고 하는 소리냐고. 그렇게 본 시간 외에는 책상 앞에 앉아 있었다는 얘기야. 내가 감옥에서 나왔을 때 56세거든. 이후 십여 년 동안 나는 거의 매일 밤을 새우면서 일 년에 한 권 이상 꼴로 쓴 거야.

김 : 정말 엄청난 근면입니다. 그게 어떻게 가능한지 모르겠어요.

황 : 거의 열두 시간씩 앉아서. 내가 늘 잊지 않는 건, 지금 50대 중반인 후배한테도 충고하는 거야. 사나이는 항산(恒産)이 있어야 항심(恒心)이 있는 거야. 항산이라는 게 부자가 되라는 게 아니야. 말하자면 식구를 거느리고 이슬을 가릴 수 있는 걸 마련하면 그 생활이 가난하든 청백하든 또는 부자든 간에 항산을 일궈야 되는 거야. 일구지 않으면

항심도 유지를 못 해. 그래서 직업작가를 유지한다는 건 항산을 유지할 각오를 해야 돼. 노동이야. 그러니까 후배들이 나보고 '모임에도 안 나온다. 정이 없다' 이래. 그런데 그렇게 할 걸 다 하면 제대로 된 작가로 살 수 없는 걸 어쩌겠어. 그러니까 나는 밤이 되면 돌아가서 밤새워 일하고 새벽녘이나 아침에 동터서 자고, 평생 그 연속인 거야.

이 대담에서 소설가 황이 의지적 존재 황석영과 자연인으로서의 황석영의 경계를 어떻게 넘나드는지, 그의 의지가 어떻게 신들림의 상태로 이월해버리는지를 만약 느꼈다면 제가 지금 말하려는 뜻이 제대로 전달된 겁니다.

하여튼 글은 신이 어깨 위에 내려와야, 그리하여 마음의 격동이 바람처럼 일어나야 써지는 겁니다. 그게 새벽인지 낮인지 밤인지를 정할 수 있는 사람은 없어요. 아마도 그건 '당신은 슬픔이 낮에 생기나요, 밤에 생기나요?' 하고 묻는 것과 같겠지요?

이게 언제 발생하는지를 우리는 알지 못해요. 또한 그 표현을 언제 하는 게 바람직한지도 알 수 없어요. 파블로 네루다가 노래했듯이 그것은 우리가 모르는 시간에 오는 까닭입니다.

> 그건 누가 말해준 것도 아니고
> 책으로 읽은 것도 아니고
> 침묵도 아니다
> 내가 헤매고 다니던 길거리에서

밤의 한 자락에서
뜻하지 않은 타인에게서
활활 타오르는 불길 속에서
고독한 귀로길에서
그곳에서 나의 마음이 움직였다

　영화 〈일 포스티노〉의 자막처럼, 창조의 상태가 언제 오는지 모른다는 것, 그래서 글 쓰는 일을 작위적으로 선택하기 어렵다는 것, 무엇보다도 생명의 일부로서 느낌, 감수성의 운동을 되도록 온전히 살려서 의탁해야 한다는 것, 제 생각에는 이게 일차적인 창작의 태도가 돼야 해요. 이렇게 말해놓고 보니 좀 염치없는 느낌입니다.
　아니, 신내림 현상을 만들어야 한다는 게 비법이라니!

좋은 버릇 길들이기

　이제 그렇게 어려운 것 말고 누구나 마음만 먹으면 할 수 있는 좀 쉬운 방법들을 이야기해볼까 합니다. 먼저, 창작자가 늘 몸에 지니고 있어야 할 바람직한 태도부터 열거해 볼게요. 첫째, 글 쓰는 자신을 공인으로 생각하세요.

　문학 동아리 활동을 할 때 가장 자주 눈에 띄는 풍경이 뭘까요? 아마도 작품을 써온 사람이 그냥 내놓기가 멋쩍은지, "어젯밤에 심심해서 몇 자 써 봤어." 하는 장면일 겁니다. 자기도 민망하지 않게 말 트기를 하느라 그러겠죠. 그런데 그게 진심 어린 경험담인 사람도 있어요. "어제 잠이 안 와서 대충 끄적거려 봤어." 이런 말은 다른 사람까지 쭈빗거리게 만듭니다. 여기에는 최소한 격무에 시달린 흔적이 없어요.

　시골에서 살 때 저희 집 앞에 넓은 마당이 있었는데, 홍수가 나면 한복판을 가로질러서 물이 흐릅니다. 거기에 간혹 물고기가 지나다녔어요. 행인이 양복을 입은 채 지나가다가 손으로 살짝 떠내면 잡을 수 있을 것 같은 느낌을 줘요. 하나, 물고기는 절대로 그렇게 잡히지 않습니다. 속담에 나와요.

물고기를 잡으려거든 바짓가랑이를 적셔라!

누구든 구두를 벗고 물속에 한 발을 들여놔야 합니다. 그런 수고도 하지 않고 남몰래 슬쩍, 표시 안 나게, 못 잡아도 아무런 손실이 없는 수준에서 해보려고 해도 될 만큼 손쉽게 달성되는 일이 아니라는 거죠. 적어도 창작을 하려면 글 쓰는 나를 공인(公人)으로 생각해야 합니다. 나를 공인으로 생각한다는 것은 등단이 어떻고 저서가 있고 없고 하는 문제가 아니라 자신을 창작의 주체로 인정하느냐 마느냐 하는 문제입니다. 학창시절에 미술선생님이 해준 이야기가 있어요.

거리에서 이젤을 펼치고 그림을 그리기 시작하면 그는 이미 화가야.

중요한 이야기입니다. 남들이 보는 앞에서 자신의 역량을 거짓없이 드러내놓고 이목을 견디는 게 얼마나 어려운지 아십니까? 심심파적으로 돌팔매질을 해서 새가 맞아 떨어지면 좋고, 아님 말고, 이런 자세로는 결코 작품을 쓸 수 없어요. 글을 쓰는 사람은 항상 쓰는 일만큼이나 읽는 일도 어렵다는 생각을 하고 있어야 합니다. 남이 읽을 수 있으려면 그만한 값을 해야지요. 그래서 쓰는 자 스스로 문학적 자아가 형성되지 않고, 문학적 인격이 쌓이지 않고, 문학적 주체로 자리 잡지 못하면 훌륭한 작품이 나올 길이 없어요.

여기서 공인이라는 말뜻을 확실히 해둡시다.

학생들에게 들은 말이에요. 마릴린 먼로가 앵무새를 길렀대요. 앵무새가 어디서 들었든지 마릴린 먼로가 옷을 벗을 때마다 '나는 봤다, 나는 봤다' 하고 울었어요. 그래, 마릴린 먼로가 화가 난 나머지 앵무새의 머리를 잡아당기니 이마가 벗겨져 대머리가 되었어요. 그런데 어느 날 율 브린너가 놀러 왔는데 자기처럼 머리가 벗겨져 있거든요. 앵무새가 반가워서 "너도 봤니, 너도 봤니?" 했다는 거예요. 대저 앵무새란 따라 하는 새, 흉내 내기의 상징물로 사용됩니다.

반면에 십자매라는 새가 있습니다. 병영에서 키우지요. 군대 내무반 페치카에서 가스가 새어 나오면 병사들은 모두 질식합니다. 그런데 십자매는 아주 예민해서 가스가 조금만 새어나와도 숨이 넘어가요. 보초를 서는 병사는 십자매가 죽으면 얼른 문을 열어 환기시키면 됩니다. 그럼 내무반의 병사들이 무사할 수 있어요. 잠수함의 토끼와 같지요?

작가는 어떤 존재일까요? 마릴린 먼로의 앵무새가 아니라 내무반의 십자매입니다. 그래서 위기 앞에서 건재할 수 있는 사람, 아파하지 않는 사람, 가스가 새어 나오는데 의연히 살아남는 강인한 사람, 이런 게 미덕이 아니라 악덕이 됩니다. 단지 유희의 기능을 하는 앵무새적 발상과 공적 존재로서의 십자매의 차이를 생각해 보세요. 이 경우에 십자매는 적어도 세상과 목숨을 걸어놓고 그 속에서 어떤 역할을 하는 존재의 상징물로 서 있는 것이죠. 상처를 이타(利他)적으로 써야 되는 사람! 글 쓰는 사람을 공인이라 함은 바로 이런 뜻입니다.

둘째, 창작의 과정을 풍요롭게 하세요.

창작의 과정을 풍요롭게 하지 않고 과실만 따려고 하는 것은 마치 감나무 밑에서 홍시가 입 안으로 떨어지기를 기다리는 것과 같아요. 땡감이 언제 익어서 홍시가 될 것이며, 홍시가 된들 그게 어떻게 입 안으로 떨어지겠습니까? 작가 스스로 감나무가 되어서 꽃을 피우고 열매를 맺으려는 듯이 부단히 취재하고 답사하고 사색해야 합니다. 예전에 김명수 시인이 썼던 산문에서 "시인에게는 풍경이 재산이다." 하는 구절을 읽은 적이 있어요. 좋은 풍경을 가지고 있으면 좋은 작품을 쓸 밑천이 되죠. 그런 예로 소설가들에게서 두드러지는 특징 중 하나가 특별한 사건 현장에 반드시 나타난다는 점입니다. 저는 어떤 등식이 성립될 수 있다고 보느냐면 세계에 대한 호기심의 크기가 창조적 동력의 크기를 결정한다고 봐요. 예술적 관심이 많다는 것은 부단히 취재하고 답사하고 사색하는, 탐구의 크기가 크다는 것을 의미합니다. 그 좋은 예가 마르케스예요. 마르케스는 기자 출신답게 에세이에 신기한 이야기를 가득 담고 있습니다. 가령, 남미에는 유럽인들이 아는 것과 다른 것이 많다고 하면서, 어떤 지역에서는 큰소리를 지르면 비가 쏟아지기 때문에 소리를 크게 지르지 못하게 한다고 해요. 어떤 곳에서는 흐르는 물에 계란을 담그면 5분 안에 익어버린다고도 하고요. 허황된 이야기가 아닙니다. 백두산을 중국 쪽에서 올라가면(장백산이라고 하지요?) 흐르는 물에 계란을 5분씩 담갔다가 꺼내서 팔잖아요. 마르케스는 유럽 사람들이 자신의 『백 년 동안의 고독』을 놓고 환상적 리얼리즘이다, 상상력이다, 마술적이라고 하는데 만일 자기의 것을 '환상'이라 한다면 그것은 유럽인이 말하는 '공상'과는 크게 다른 것이라고 설명합니다. 꼬리가 달린 소녀 이야기도 할머니에게서 듣고 썼대요. 나중에 『백 년 동안의 고독』이 알려지고 나자 한국 서울에서 꼬리 달린 소녀의 사진을 보내왔다고 합니다. 그렇지만 서울의 소녀는 어렸을 때 수술해서 제거했대요. 남미에서는 꼬리를 자르면 죽는다고 들었는데 서울의 소녀는 수술해서 꼬리를 자르고도 정상적으로 살고 있다는 거예요.

이 세계는 우리의 상상력을 초월하는 비밀스러운 일들로 가득 차 있습니다. 만일 세계가 비밀의 문을 열어주지 않으면 스스로 열고자 노력해야 돼요. 좋은 예가 있습니다. 한국 독서계에 오리아나 팔라치 바람이 쓸고 간 게 언제일까요? 1970년대 말? 아니, 1980년대 초였던가 봐요. 오리아나 팔라치는 이탈리아 출신의 여성 기자인데, 지구촌을 대표하는 취재의 달인이라 생각하면 될 거예요. 베트남전쟁 때는 병사들의 진지에서 자면서 전투현장까지 취재했대요. 그녀가 이란의 호메이니를 취재한 얘기는 제게도 습작기 때 큰 감동을 주었어요. 당시 이란의 정신적 지도자 호메이니 옹은 비밀에 감춰져 있었어요. 아마도 서방 세계가 가장 알고 싶어하는 대상이었을 겁니다. 그를 오리아나 팔라치가 인터뷰 하겠다고 요청하여 찾아갔는데, 영빈관에 앉혀둔 채로 호메이니와 대면할 기회를 주지 않았습니다. 그러자 그녀가 그 자리에서 소변을 본 겁니다. 호메이니의 영빈관에 서양 여성이 소변을 봤으니 난리가 났겠지요? 경호원이 들어서자 그녀는 아무도 약속을 지키지 않았고, 아무도 나를 안내하지 않았다고 주장합니다. 신성한 장소에 소변을 본 사건으로 이란의 성소가 발칵 뒤집힌 현장에 대한 스케치를 통해 그녀는 호메이니를 감싸고 있는 장막을 벗겨내지요. 좀 참고가 되지 않습니까? 바로 이 같은 태도로 부단히 취재하고 답사하고 사색하는 것은 창작의 필수 조건입니다. 그걸 언제까지 해야 되는가 하면, 글을 쓰는 내내 작가가 스스로, 무엇보다도 '낡은 나'가 '새로운 나'로 부단히 교체되는 것을 경험할 때까지 해야 하는 겁니다. 창작의 과정을 통해 작가 스스로 경이로움을 체험하고 다시 태어나는 느낌을 얻지 못하면 좋은 작품을 낳기가 굉장히 어렵죠.

이제 그 다음 덕목을 말씀드릴게요. 셋째, 빛이 아니라 어둠 속에 있어라!

작품을 쓰려는 사람은 자기를 부단히 어둠 속으로 끌고 가야 합니다. "빛 안에 있는 사람은 빛 안밖에 못 보지만 어둠 속에 있는 사람은 빛과 어둠을 다 본다"는 말이 있어요. 어둠 속에 놓여있지 않으면 보이지 않습니다. 언제나 무대 위에 서 있는 왕자병이자 공주병인 사람은 좋은 작품 쓰기의 필수조건인 '세상 바라보기'가 어려운 사람에 속하죠. 어떤 일상의 영광 속에 놓여있지 말고 그 영광이

도달할 수 없는 자리에 놓여있어야 합니다. 일상의 기쁨, 작은 즐거움들로부터 유배되어 있어야 글이 써져요. 영화 〈서편제〉를 보면, 아버지가 딸 소화를 소리꾼으로 기르기 위해 한약을 먹여서 눈이 멀게 만드는 장면이 나옵니다. 빛으로부터, 빛 안에 놓여있지 못하게, 언제나 어둠 속에 놓여있게 만들어 버리는 과정이 〈서편제〉의 중요한 이야기 구조예요. 비평 용어로 이를 '그늘'이라 합니다. 문학이 참 재미있는 것이 우리의 일상적인 가치와 역전되어 있는 게 많습니다. 전에도 말했지만 가령 '문제성' 같은 말은 모든 곳에서 부정적인 뜻으로 사용되지요. 학교에서도 제일 나쁜 뜻으로 쓰는 말이 '문제아'예요. 그런데 문학에서만은 그게 극찬에 속합니다. '문제작가'는 굉장히 중요한 작가라는 뜻이고, '문제작'은 매우 중요한 작품이라는 말입니다. '그늘'이라는 말도 그렇게 생각하면 돼요. 어떤 작품을 지목해 "굉장히 좋더라. 그런데 그늘은 없드만." 이건 구제불능이라는 말이고, "작품이 좀 서툴대. 한데, 그늘이 있더라. 헤어 나오기 어려웠어." 이것은 무기력하게 축 늘어졌다는 이야기가 아니라 삶을 이해할 줄 아는, 비로소 살아있는 인간학이 가능한 지점에 이르렀다는 극찬에 속해요.

　물론 저는 〈서편제〉에서 눈을 멀게 했던 가치관에는 동의하지 않습니다. 그것은 인위적인 그늘 같아요. 세계 안에 인간이 존재하는 방식을 관찰해보면 그가 무엇으로부터 그늘져 있는가, 무엇으로부터 유배되어 있는가를 알게 되는데, 이것이 그의 작품에 드리워져야 합니다. 그냥 간단하게 한약을 먹어서 눈이 머는 방식으로 지상의 아픔과 고통이 존재하는 것은 아니라는 거죠. 나는 눈이 멀고 싶지 않지만, 또한 아무도 내게 눈멀게 하지 않았지만, 그러나 어떤 영역에서 불가피하게 나는 눈이 멀어 있습니다. 이 아픔, 이 어둠, 이 슬픔. 이것들이 꿈과 빛과 기쁨의 가치를 알게 합니다. 그래서 기쁨의 이야기를 하든 슬픔의 이야기를 하든, 어둠 속에 놓인 자는 빛과 어둠을 말할 수 있지만 빛 안에 놓인 자는 어둠이 보이지 않기 때문에 그것이 무언지 알 수 없고, 그릴 수 없습니다.

넷째, 작가는 잃은 만큼 얻는다.

방금 했던 이야기와 동어반복 같아요? 구태여 구분하자면, '자신을 일상의 기쁨으로부터 유배 보내라'는 말은 구조적인 문제를 지목한 것이고, 지금 하는 얘기는 주체의 측면을 가리키는 말입니다. 좋은 작품을 쓰려 할 때 좋아 죽겠거나, 미워 죽겠거나 하는 어떤 간절한 것이 아니면 존재의 무게감이 얹히지 않습니다. 그러니까 삶의 무게를 얹으려고 해야 한다는 것인데, 여기에서 상기할 것이, 아무리 실력이 있는 권투 선수도 어깨 힘만으로는 상대를 쓰러뜨릴 수 없다고 해요. 어깨 힘으로만 남을 쓰러뜨릴 수 없다면 몸무게를 실어야겠지요. 어깨 힘으로 때리는 것과 몸무게를 싣는 것, 그게 어떤 차이겠는가 생각해 보십시오. 어깨 힘으로 때리는 자는 상대가 맞지 않아도 자기가 쓰러지지 않습니다. 그러나 몸무게를 싣게 되면 상대가 쓰러지지 않으면 자기가 쓰러집니다. 상대를 쓰러뜨리려면 자기가 쓰러질 각오를 해야 하는 거죠.

문학은 주먹이 아니라 문자로 하는 것이니, 어지간하면 쓰러지기는커녕 아프지조차 않아요. 그래서 명심할 경구가, '잃은 만큼 얻는다'는 것입니다. 이건 문학이 갖는 영광 중 하나일 거예요. 죽음 앞에 서본 자만이 삶의 소중함을 압니다. 사랑을 잃어본 사람만이 그것의 고귀함, 소중함, 간절함을 알아요. 이별이 만남을 알게 만들어요. 도스토예프스키의 문학적 비밀을 '죽음 앞에 서본 자'에서 찾는 이유가 여기에 있어요. 아까 황석영 인터뷰에도 발자크 이야기가 나왔지요? 한국문학에서도 그런 사례가 많아요. 『부초』를 쓴 한수산은 곡마단에서 2년을 살았다고 합니다. 베트남전쟁 때 월남 파병의 고통을 겪은 박영한이 『머나먼 쏭바강』을 썼으며, 공단지역 노동자로 위장 취업했던 황석영이 『객지』를 쓸 수 있었어요. 전태일의 죽음과 황석영의 『객지』가 같은 해에 일어난 사건임을 상기하면 그 문학적 치열성이 현실과 얼마나 밀접히 맞물려 있었는지 알 수 있어요. 이문구는 묘지기 생활을 5년 했다고 해요. 『장한몽』의 작가임이 분명해지는 대목입니다. 이렇게 삶으로 지불하지 않은 사람은 글로 얻을 게 없어요.

작가는 잃는 만큼 얻는다, 이게 참 묘해서 거의 모든 영역에서는 열심히 하기만 하면 대가를 얻는데 한때 열심히 했다는 것만으로는 얻지 못하는 영역이 있어요. 문학 중에서도 문학이라고 하는 서정시의 영역입니다. 서정시는 한때의 눈물만으로는 해결치 못하고 지속적으로 현재진행형으로 신산고초의 복판에 서 있어야만 합니다. 그래서 한 생애를 통해서 위대한 시를 계속 써내는 불멸의 서정시인이 드물죠. 한 생애를 온통 그렇게 계속 무엇인가를 잃는, 또한

창작에 앞서 준비할 것들 43

두고두고 뭔가를 얻어낼 수 있는, 잃음의 현장이자 얻음의 현장을
계속 유지할 수 있는 인간은 거의 없지 않겠어요?

나쁜 버릇 버리기

이제 그릇된 창작관 때문에 생겨나는 오류들을 이야기해 보겠습니다.

첫째, 직접 경험을 피하는 경우입니다.

"나이가 몇 살이나 됐다고 벌써부터 자기 이야기를 하게 되면 나중에 소재의 고갈 문제를 어떻게 해결하려고 그래. 자기 이야기는 죽기 전에 한 편 쓰고 가는 거야."

이런 경향은 왜 생겼을까요? 제가 생각할 때 한국은 일본을 통해서 근대문학을 습득하고 문단을 만든 관계로 아주 오랫동안 일본 문단을 타산지석으로 삼았습니다. 일본 문단이 크게 침체되었던 시기가 사소설(私小說)이 점령했던 시대예요. 거의 신변잡기에 가까운 문학이 사회를 덮고 있었죠. 한국 문학도 일시적으로 비슷한 현상을 겪었습니다. 1990년대 중후반 언저리에 가정사를 다루는 소설들, 자기 고백적인, 자기 연민에 끝없이 익사하는 경향이 대거 등장하면서 작품 안에서 화자가 남녀문제로 신세타령을 늘어놓는 작품들이 상당히 범람했어요. 그런 소재가 잘못됐다는 얘기가 아니라 그와 함께 사소설화 경향이 심했다는 얘기를 하고 있는 거예요. 그 때문인지 일부 선생님들이 제자들에게 자기 고백적인 작품을 피하도록 권유했어요. 그러다 보니 애오라지 상상력 하나로 글쓰기에 임하는 것이 바람직한 듯이 이해될 수 있었어요.

사실, 직접 경험을 다룬다고 이야기의 밑천이 금방 떨어져서 작가로서의 수명이 짧아질까봐 걱정하는 것은 기우에 가깝다고 할 수 있어요. '직접 경험을 피하라'는 조언은 상상력에 대한 우상 숭배처럼 창작을 너무 신비한 것으로 상정해둔 말이 아닌가 싶습니다. 러시아의 평론가 벨린스키의 말을 이럴 때 떠올리는 거예요.

삶이 문학의 주석(註釋)이고 문학이 삶의 주석이다.

그 작가는 왜 그 작품을 썼을까? 그 작품은 왜 탄생했을까? 이걸 설명할 수 있는 각주는 그 작가의 삶이라는 얘기입니다. 뿐만 아니라, 그 작가는 왜 그렇게 살았을까를 설명할 수 있는 것도 그의 작품이라는 것입니다. 작품을 읽어보면 작가의 삶이 해석되고, 작가의 삶을 읽으려면 작품을 들여다보면 돼요. 가끔 작가들을 난처하게 만드는 조력자들이 나타나서 "내 이야기를 왜 듣지 않는가?" 항의하는 수가 있습니다. 자기 이야기를 들으면 한국 문학사가 뒤집힐만한 작품을 쓸 수 있다는 거예요. 저도 그런 친구를 만나서 "그건 내 경험하고 너무 멀어서 쓰기 어려워." 해도 안 통해서 박경리가 『토지』 2부를 끝내고 했던 대담 내용의 일부를 들려줬어요. 어떤 사람이 "자기의 이야기를 들어야 진짜 대하소설이 나온다."는 말을 계속 해대니까 박경리의 답이 이랬대요. "제발 저 좀 놔두세요. 제 이야기도 다 하지 못하고 죽습니다." 그 이야기는 사실 그 사람이 써야 될 것이었겠죠. 굉장히 많은 양의 글을 남긴 작가도 이렇게 자기 이야기를 다 못하고 죽기 마련입니다.

그런가 하면 정반대의 경우도 있어요. 오직 경험한 세계만 그리려고 하는 버릇인데, 이 또한 좋은 취지가 과도하게 강조되다가 생겨난 잘못된 경향입니다. 문학이 현실의 절실한 자리를 떠나게 되자 체험 세계의 중요성이 강조됩니다. 그것이 어린이들을 위한 문학수업에서 강조되다가 점점 '글짓기'가 '글쓰기'로 바뀌고 그에 따라 직접 체험한 것이 아니면 모두가 공상인 듯이 여기는 경향까지 생겨납니다. 이게 더욱 도지게 되면 창작의 개념 자체가 변질되는 수도 생겨요. 만약 경험한 세계만 그려야 한다면 아주 쉽게 말해 생텍쥐베리의 『어린 왕자』는 어떻게 설명해야 될까요? 그런 글쓰기를 성인은 해도 되고 어린이나 청소년은 하면 안 되는 걸까요?

경험한 세계만 그리려고 고집했을 때 생겨나는 문제가 두 가지가 있습니다. 첫 번째, 사적 감정이 제어되지 않습니다. 자기 연민 속으로 끝없이 익사해요. 일반적으로 자기 연민의 유리벽 속에 갇힌 자를 뭐라 하지요? 공주병? 왕자병? 그렇습니다. 자기 자신을 객관적으로 바라볼 줄 아는 인간은 굉장히 성숙한 존재입니다. 또 하나는 나의 한계로 주인공의 한계를 그어버린다는 겁니다. 내 한계가 주인공의 한계가 돼요. 간단한 예로 김지하의 시 「서울길」이 있습니다.

> 간다/울지 마라 간다/흰 고개 검은 고개 목마른 고개 넘어/팍팍한
> 서울 길/몸 팔러 간다

시인이 언제 목마른 고갯길을 넘어서 몸 팔러 갔겠습니까? 시인은 여공이 아니라 서울대 미학과 출신의 지식인 아닙니까? 그렇다면 화자가 경험한 세계만 그리려 하면 시의 내용은 누구에게 들은 얘기로 기록돼야 할 테니 화자를 3인칭으로 바꾸기라도 해야 하나요? "그녀는 간다. 팍팍한 서울길, 몸 팔러 간다고 생각하면서 간다." 만약 이렇게 쓰면 시의 모양이 어떻게 되겠습니까? 아주 소시민적인 창작 태도 중의 하나가 경험한 세계를 지나치게 고집하는 것입니다. 직접 경험을 했거나 안 했거나 상관없이 직접, 간접, 상상 혹은 유추, 이런 걸 총동원해서 실감을 높이는 쪽으로, 이 모든 생활 자료를 최선을 다해 활용해야 좋은 작품을 쓸 수 있어요. 총력전을 퍼부어도 안 되는데 감히 자기가 동원할 수단의 절반을 싹둑 잘라버리고 글쓰기를 하겠다는 것은 마치 격투기 선수가 오른팔만 쓰거나 왼팔만 쓰겠다고 자기 최면을 거는 것처럼 만용이 되고 말겠지요.

다음으로 제기되는 또 한 가지 한계가 장르의 틀을 고정불변한 것으로 믿는 일입니다. 가령, 이 이야기는 재미있으려면 그 다음 진

행까지 있어야 하겠지만 그렇게 되면 소설이 아니라고 말하는 사람이 그렇습니다. 그렇다면 이렇게 말할 수도 있어요. 그게 왜 꼭 소설이어야 합니까? 그리고 그것이 왜 소설이 아니겠습니까? 장르의 틀을 고정불변한 것으로, 형식 우선주의로 생각하고 있어서 그 공식에 맞춰 써야 한다고 주장하는 것은 오류입니다. 학교에서 기승전결에 대해 문제를 삼는 건 내용을 분석할 때 쓰는 틀에 불과해요. 작가가 이야기 하는데 기승전결을 왜 맞춰야 합니까? 자기 감동이 구현되는 만큼만 딱 쓰면 되는 거예요. 거기서 기승전결을 따지는 일은 나중에 문단 나누기 하고 분석하는 사람이 할 일이지요. 중요한 것은 언제나 '장르의 틀'이 아니라 '감동의 틀'입니다. 제가 생각할 때 현재 우리 문학에서 나타나는 아쉬운 현상 중의 하나가, 신춘문예 당선 작품집을 보면서 공부하여 형식이나 분량까지 거기에 맞춰서 쓰는 경우가 많다는 거예요. 흐름이나 경향을 기성복에 맞추는 식으로 정하는 글쓰기는 낡은 제도가 가지고 있는 미학적 틀 속에 스스로 구속당하기 위해서 줄을 서는 것과 같습니다. 새로운 작가들이 그렇게 되면 세상이 문학을 버리겠지요.

여기서 바람직한 예를 하나 소개해 드릴게요. 시인 신동엽의 약력을 보면, "1959년 조선일보 신춘문예에 장시 「이야기하는 쟁기꾼의 대지」가 입선되었음" 하고 소개됩니다. 이거 놀라운 이야기예요. 우리나라 신춘문예는 1920년대에 시작되어 올해까지 한 해도 거르지 않고 이어져 왔지만 장시로 등장한 사람은 신동엽뿐입니다. 모든 신문사가 시는 반드시 3편 아니면 5편을 출품하도록 요구하잖아요. 분량도 1월 1일 자 제1면에 발표할 수 있도록 상식적인 길이를 암묵적으로 전제하고 있어요. 그런데 「이야기하는 쟁기꾼의 대지」는 당시 신문 전면을 할애해도 발표할 수 없는 방대한 양입니다. 신춘문예라는 게 문학 오디션 같은 거라고 보면 이는 〈K팝스타〉에 '판소리'를 들고 나온 것에 비유할 수 있어요. 그리하여 당선작 없는 가작으로 그 일부만이 신문에 소개되었죠. 자기가 써야겠다고 생각한 분량을 다 쓴 거예요. 어떻습니까? 거장의 출현을 예고하는 것 같지 않나요?

또 하나의 한계는, 창작 역량이 제법 있는 사람들한테 생겨나는 문제인데, 과대망상증입니다. 열매 없는 흥분에 끝없이 빠지는 경우라고 할 수 있는데요. 예를 들어서 '야. 내가 작품을 쓰려면 3·1운동부터 4·19, 5·18을 거쳐 21세기까지 관통하는, 혹은 삼국지에 버금가는 것을 써야지 자잘한 것을 어떻게 쓰겠어. 한마디로 옆집 순이와 돌이가 연애한 이야기는 자존심 상해서 못 쓰지'하고 생각하는 사람이 있어요. 소위, 역사적 의의가 큰 소재는 능력이 없어서, 작은 소재는 욕심이 안 차서 못 쓰는 경우입니다. 이 같은 과대망상증은 창작에 임하기 전에 치유하지 않으면 작품을 쓰는 동안 내내 걸림돌이 됩니다. 처음에는 작고 하찮아 보였는데 그 길을 따라가 보면 큰 문제가 나타나는, 그리고 그 큰 문제에 대한 해답이 일상적 실감 속에서 풀리는, 이런 작품들이 고전의 반열에 올라요. 그래서 작고 가까운, 삶 속에서 생활 속에서 일상의 범위 안에서 출발해야 하는데 그러지 못하고 뜬구름잡기만 계속 하는 태도를 경계

해야 합니다.

이상의 경우가 창작에 대한 가치관의 정립이 제대로 안 돼서 창작 실제를 망가뜨리는 예입니다. 이런 태도들이 해결되지 않으면 글을 쓰기도 전에 스스로 오랏줄을 받는 격이어서 능력발휘가 잘 안 될 거예요.

여기까지 지루하지 않으셨는지요? 다음번에는 창작 출발에서 완료까지, 즉 구체적으로 글을 어떻게 시작해서 마침표를 어디에서 찍을 것인가에 이르는 전 과정을 소개해 가면서 말씀드리겠습니다.

2장

창작 출발에서 완료까지

1. 구상의 단계

낳을 것인가 만들 것인가

이제 창작의 실제에 들어갈 시간이 되었습니다. 한 인간이 문학 작품 하나를 짓는 일은 작게 보면 사소해 보이지만, 크게 보면 한 세계를 창조하는 꽤 엄청난 일임에 틀림없습니다. 예컨대 우리와 똑같은 현실을 거느린 수많은 존재들의 신(神)이 되는 일이니까요. 그렇다고 겁낼 일은 아닙니다. 훌륭한 어머니가 되기 위해서 반드시 고시 합격을 해야 하는 건 아니니까요. 그럼 시작할게요.

고등학교 때 백일장에 참가한 경험이 있지요? 지금은 옛날에 비추어서 낭만이 좀 없습니다. 대학 입시 특전 때문이라는데, 어떤 백일장은 교실에 가두어놓고 책상까지 배정해서 글 쓰는 내내 자리를 못 뜨도록 하는 경우도 있다 합니다. 제가 다닐 때는 아주 자유롭게 대학 캠퍼스나 공원 같은 곳에 풀어놓고 돌아다닐 수 있도록 했어요. 요새는 네티즌들이 대필 혐의를 두어 항의하고 공정성에 대해 문제제기를 한다고 해요. 제 생각에 그런 염려는 기우에 가까울 확률이 높아요. 기성 시인이 대필해서 당선하는 사례가 없지는 않겠지만, 백일장에서 본심을 맡는 분들의 문학적 관록이 그렇게 허술하지 않습니다. 문단활동을 사십 년 오십 년 하신 분들을 글로 속일 수 있다고 생각하는 분들은 천재 아니면 백치일 거예요. 무슨 얘긴고 하면 고교 백일장에 도둑처럼 끼어든 기성 시인이, 청춘 그 자체로 시인이라 불리는 세대의 감정을 복사하는 건 결코 쉬운 일이 아닙니다. 어른이 청소년의 감수성을 모사(模寫)할 수 있을까요? 비록 문학적 재능이 뛰어나서 시인이 되긴 했겠지만 그 감수성의 질이 열다섯, 스물의 것과 마흔 살, 쉰 살의 것이 같을까요? 이렇게 생각해보면 쉽습니다. 구월, 시월에도 나뭇가지에는 여전히 이파리들이 달려있지만 그것과 오뉴월의 이파리는 종류와 때깔이 다릅니다. 구월, 시월의 이파리가 아무리 아름다워도 그것은 꽃을 피우는 데 사용되는 이파리가 아니잖아요. 그래서 이건 국경과 체제를 초월하는 진리라 생각해야 옳습니다. 6·15 선언 1주년 기념행사를 금강산에서 할 때였어요. 북의 시인 하나가 조금 늦게 도착해서 끼어 앉으면서 남쪽 시인을 향해 "눈빛에 시가 좀 담겨 있습네다." 하더니 이름표에 적힌 나이를 보고 좀 많다고 생각됐나 봐요. 곧장 정정하기를 "하긴 마흔 살 때 쓴 것도 시라 하겠습네까? 고조 스무 살 때 쓴 게 시갔디요." 하대요. 우리는 늘 잊지 말아야 합니다. 나이가 많아질수록 성숙해지기는 하지만 훌륭해지는 건 아니라는 걸 말입니다. 독일의 아도르노도, 유럽 사회가 나치 체험을 한 뒤에 이제 인류는 영원히 시를 쓸 수 없을 것이라고 했어요.

그럼 백일장의 현장으로 갑시다.

백일장을 할 때 제목 하나쯤은 보통 그들이 놓여있는 공간에 할애하기 마련입니다. 가령, 가을에 독립문 공원에서 진행된 행사라면 제목을 '독립문' '시월' '틈', 이런 식으로 내걸지요. 어떤 때는 시와 산문에 같은 제목을 주기도 하고 다르게 주기도 하지만 그건 중요하지 않습니다. 문제는 제한된 시간에 한 편의 시나 산문을 완성해야 한다는 점이에요. 생각해보세요. 우리나라의 어떤 시인이 세 시간 안에 작품 한 편을 탈고합니까?

자, 여기에서 살펴보기로 합시다. 백일장에서 글을 짓는 유형은 크게 두 가지로 나뉩니다. 아마 전체 참가자의 80퍼센트는 먼저 원고지를 받아서 한쪽으로 치워놓고 연습장을 꺼낼 겁니다. 제목이 없으면 목적지를 정하기 어려우니 연습장 상단에 일단 '시월'이라고 적겠지요. 그리고는 뭔가 좋은 말이 없을까, 낑낑대고 궁리를 하죠. 이렇게 저렇게 머리를 굴리다가 떠오르는 게 없으면 다른 책들을 넘겨보기도 해요. 그러다 한 줄이 떠올랐다고 합시다.

시월, 출렁거리는 바람!

그럼 연습장에 작은 글씨로 쓰겠지요. 다음에 바람과 이파리가 스치는 것이 떠올라 또 씁니다.

살과 살의 스침.

그런데 '시월, 출렁거리는 바람'과 '살과 살의 스침'은 서로 연결 돼 있지 않은 언어들이라 둘을 나란히 이어서 쓰지 못하고 여기저 기 따로 적어두겠지요. 가을 들판에서 이삭을 줍듯이 말이지요. 이 렇게 끙끙대면서 언어 이삭을 줍다가 일정한 양을 모았다 싶으면 이제 조립을 하는 공정에 들어갑니다. 공사할 때 벽돌이나 건축 재 료들을 마당에 널려두었다가 하나씩 맞추어가듯이 말이에요. 산문 도 오십 보 백 보입니다. 시가 감정을 조직한다면 산문은 스토리를 조직한다는 것이 다를까? 팔 할, 구 할이 이렇게 쓰니까 백일장을 시작해서 끝나는 시각까지 끙끙대며 고생을 해놓고도 제시간에 탈 고를 못하는 경우가 속출해요. 결국 황급하게 접수대에서 마침표를 찍는 학생도 많습니다. 이걸 편의상 '축조 식 글쓰기'라 합시다.

그런데 이와는 다른 방식의 글쓰기도 있어요. 어떤 학생은 백일 장이 시작된 후 한동안 자리에 앉지 않고 주위를 맴돕니다. 인솔 교 사의 눈에는 밉지요. 아무 노력도 하지 않고 노는 것처럼 보이거든 요. 그런 친구들은 흔히 여기 기웃 저기 기웃, 왔다 갔다 하는데 사 실은 쓰고 싶은 바를 메모지가 아니라 머릿속에 쓰고 있어요. 아주 답답하게 시간을 까먹고 나서 어떤 지점에 이르면 몸을 감춥니다. 그리고는 마감시간이 닥쳤을 때 신들린 사람이 접신 들린 듯이, 맞 아요. 순식간에 글 한 편을 쏟아냅니다. 바로 김삿갓이 그랬지요? 이걸 '출산 식 글쓰기'라 해도 되지 않을까 싶어요.

나중에 보면 장원, 대상, 이런 게 주로 출산 식 글쓰기에서 나오 는 반면 축조 식 글쓰기에서는 입선과 가작이 많이 나옵니다. 너무

주관적인 관찰인가요? 말해놓고 보니 점쟁이가 된 것처럼 좀 이상한 느낌이 들긴 한데, 어쨌거나 그건 중요한 문제가 아닙니다. 다만 언어의 이삭줍기를 하듯이 재료를 모아놓고 끝없이 구축물을 조립해가는 방식으로 글을 쓰는 유형과 무당이 마음의 격동을 쏟아내듯 한 차례 천둥, 번개를 쳐대는 방식으로 글을 쓰는 유형으로 나뉜다는 걸 우선 가상적으로 분류해 둘 필요가 있어요.

대개는 이 두 가지 방식의 글쓰기를 각자의 개성이라 생각하기 쉽습니다. 편의상 신춘문예에 당선하는 지점까지를 글쓰기의 목적지로 놓고 본다면 둘은 개성의 차이라 해도 무방할지 몰라요. 전자건 후자건 등단에 이르는 것은 같아 보이기 때문입니다. 그러나 기준을 좀 높여서 '문학사에서 평가받는 작가' 혹은 '당대를 대표하는 작가'를 기준으로 놓고 보면 사정이 좀 달라집니다. 어쩌면 전자를 문학도라 부르고 후자를 문학가라 불러야 할지 몰라요.

바로 이 문제에 대해 제게 섬광 같은 영감을 주었던 책이 있습니다. 칼 세이건이라는 우주과학자가 쓴 『코스모스』라는 책이에요. 저는 군대 시절에 읽을거리가 귀한 야산 진지에서 읽어서 더욱 감동을 받았는지 몰라요. 어찌나 실감이 컸는지 굉장히 심취했던 기억이 새롭습니다. 그중에 창작의 실제 과정에 영감을 주었던 부분을 알려드릴게요. 제가 수학과 과학, 특히 수치에 어둡다는 점을 감안해서 들어주시면 좋겠어요.

인간이 우주 속에 아무렇게나 내팽개쳐졌다면 우리들이 행성 위에, 또는 그 근처에 가 있게 될 확률은 '1에다 0을 33개 붙인 수를 분모로 하고 분자를 1로 한 수보다 더 작은 확률'이 된다고 합니다. 지구와 마주칠 확률이 아니라 지구가 지나가는 궤도와 마주칠 확률이 그런 거예요. 그러나 일상생활에서는 이 같은 확률은 무시되지요. 세계란 그만큼 귀중한 겁니다. 칼 세이건은 우주 안에서 각 생명체들이 어떤 질서를 만들고 있는지, 그것들이 왜 소중한 것인지, 우리의 사고는 어디까지 미치는지, 그러나 그것들이 결국은 어떻게 연쇄되어 있는지를 탁월하게 설명합니다. 그러면서 우리가 어떤 가치관을 가져야 하는지 거듭 생각하게 만드는데, 그 일환으로 조금 장난기 어린 계산을 해요. 가령, 인체를 물리학적인 값어치로 환산하면 얼마가 될까요? 물은 공짜였으니까 빼고, 뼈는 녹슨 못과 같아요. 눈동자는 성분이 어떻게 될까요? 뭐, 이런 식으로 계산을 해서 인체의 물리적 값어치가 한 60센트쯤 나왔다고 칩시다. 헌데, 인체가 값싼 물질로 이루어져 있다고 생각하면 좀 처량해지죠. 존엄성이 깨지는 느낌이 들 테니 인체의 성분을 더 고급스러운 것으로 높여서 견적서를 떼 봐요. 의학적인 가치로 환산하면 단가가 껑충 뜁니다. 그리하여 십만 달러가 나온다고 합시다. 눈은 얼마, 코는 얼마, 이런 식으로 십만 달러가 나오는 것을 더욱 값어치 있게 만들기 위해서 성형수술을 하는 곳에서 최상품을 골라 백만 달러 혹은 천만 달러어치의 눈, 코, 귀, 팔, 다리 등을 구입했다고 쳐요. 그러나 그 정도가 아니라 그보다 훨씬 비싼 것을 실험관에 넣고 흔들어도 그곳에서는 결코 인간이 태어나지 않습니다.

여기에 칼 세이건의 문학적 가치가 있어요. 그는 그러나 인간이 태어나는 아주 쉽고 간단한 방법이 있다고 말합니다. 그것은 '한 인간이 한 인간을 사랑하는 것'이에요. 이거 참 재미있는 이야기입니다. 생명의 탄생은 사랑을 통해서 이루어진다는 사실, 그 때문에 모든 생명의 그림자에는 사랑의 역사가 드리워져 있어요. 그래서 생명이 고귀하고 소중하다면 사랑 또한 고귀하고 소중할 수밖에 없습니다. 이런 가치관은 문학창작에 상당히 중요한 영감을 줍니다.

예전부터 선배 작가들이 창작을 흔히 산모의 고통에 비유하곤 했어요. 작가를 산모라 해놓고 곰곰이 생각해보면 굉장히 재미있는 문제들이 발생합니다.

그럼 쓰려고 할 게 아니라 낳으려고 해야 되는 거잖아!

그렇지요. 알게 모르게 글 쓰는 자들 사이에 고등학교 문예반 수준만 되어도, 수없이 말씨름을 하는 문제가 작품은 '낳는 것인가, 만드는 것인가?' 입니다. 물질을 조합하는 것은 만드는 것이고 생명체가 태어나는 것은 낳는 것입니다. 이걸 결정하는 것은 작품을 유기적인 생명체로 볼 것인가 말 것인가, 이겠지요. 예컨대 어미가 낳지 않은 것은 유기적인 생명체가 되지 않습니다. 혹시 먼 미래에 로봇의 역사가 발달해서 유기적인 생명체로 제작되는 수가 있을지 모르겠습니다만, 현재의 수준으로는 그럴 전망이 안 보입니다. 작품이 유기적인 생명체라면 낳아야 할 것이고 그게 아니라면 만드는 게 좋을 겁니다. 글은 낳는 것인가, 만드는 것인가? 실험관 안에서 생명을 조립할 수 있는 것인가 아닌가?

  여기서 한 번만 더 가정을 합시다. 작품이 낳는 것이라고 한다면 누군가가 무엇인가를 사랑하는 방법밖에는 뾰족한 수가 없다는 사실입니다. 문학이 작가에게서 태어나는 것이요, 작품이 독자적 생명체로 살아가는 거라고 보면 작품마다 자기 운명이 따로 있어야 옳아요. 어떤 작품은 50년 후에 발견되기도 하고, 어떤 작품은 100년 후에 재평가되기도 합니다. 어떤 작품은 화려하게 등장했다가 벚꽃처럼 순식간에 지기도 합니다. 만약에 작품이 낳는 것이라고 한다면 이제 우리는 창작 실제를 어디서 시작해야 할지를 조금 전 칼 세이건의 조언에 비춰 판단할 수 있습니다. 낳는 것이라고 한다면, 조금 저속한 표현을 들이밀어 '맹물에 아기 서랴?'라고 할 수 있습니다. 예수는 결혼하지 않은 여인에게서 태어났잖아요, 하고 반발할 수 있겠습니다만, 대개는 숫처녀가 혼자 살면서 잉태하는 예는 없지요. 그렇다면 창작의 첫걸음은 어디를 향해야 할까요? 당연히 누군가를 사랑하는 수밖에는 길이 없어요. '사랑하기'에서 창작은 이미 시작되는 겁니다. 그래서 저는 창작의 첫 단계를 연애의 기술에 두고자 합니다. 창작을 위한 연애를 잘하려면 어떻게 해야 하느냐, 이것을 국어시간에 가르치는 용어로 전환하면 '구상'의 단계라고 말할 수 있을 거예요.

말하라, 사랑이 어떻게 왔는지

창작의 첫 단계는 구상의 단계입니다. 생물학적으로 풀이하면 짝짓기에서 잉태까지가 이 범주에 들겠지요. 그 첫 발자국 즉, 누군가가 누군가를 흠모하는 과정을 흔히 연애라 합니다. 그렇다면 창작이라는 엄청난 사태는 아무도 몰래 발생, 발전의 길을 가고 마는 연애에서 빚어진다고 볼 수 있습니다. 맞아요. 어머니가 되는 일에 연애를 '잘' 하는 것이 굉장히 중요합니다. 그에 필요한 요령은 어떤 게 있을까요?

제가 어렸을 때 고향마을에 장가 못 간 삼촌들이 있었어요. 그들을 누나들도 흉을 보고, 엄마들, 아저씨들도 흉을 보았는데, 저도 어린 나이에 벌써 삼촌들은 장가가기 힘들겠구먼, 하는 생각을 했어요. 왜냐하면 연애가 무언지 모른다는 생각이 들었거든요. 옆집 누나들, 이모들한테는 눈길도 주지 않고 매일 텔레비전이나 달력에 나오는 배우들을 쳐다보며 자기 눈에 들려면 저 정도는 돼야 하지 않겠냐, 이런 식이라서요. 뜬구름만 쳐다본다는 말이에요. 한마디

로 사랑의 발바닥이 현실이라는 땅을 딛고 있지 않습니다. 현실로
부터 시작되지 않는 연애가 어떻게 성립이 되겠습니까? 상대방이
들을 수 없는 장소에서 홀로 외쳐보는 짝사랑의 의지처럼 안타까운
게 없습니다. 시골 삼촌이 허구한 날 뜬구름 잡기를 하느라 작년도
미스코리아 진 정도는 되어야 마음을 줄 수 있다고 생각한다면 결
혼을 어떻게 합니까?

여기서 창작의 첫 발자국이 밝혀집니다. 현실로부터 출발하지 않
으면 사랑은 싹트지 않습니다.

그런데 여기서 반드시 해명하고 가야 할 문제가 있어요. 문학에
서 가장 많이 쓰는 용어 중 하나가 상상력입니다. 상상력이 없다면
생텍쥐베리의 『어린 왕자』가 어떻게 나오겠습니까? 그러나 상상력
이 중요하다고 해서 막연한 공상 속에서 헤엄치기를 하고 있으면
상상력이 오히려 발동되지 않습니다. 생텍쥐베리의 『어린 왕자』는
굉장히 공상적인 이야기임에도 불구하고 상당한 현실감을 안겨주
는데요. 저는 특히 마지막 장면에서 어린 왕자가 사라진 후 어떤 상
실감 때문에 보름 동안이나 후유증을 앓았어요. 그 같은 실감의 원
천이 어디에 있을까요? 어쩌면 『어린 왕자』야말로 문학이 왜 현실
에 발을 딛고 있어야 하는지를 보여주는 모델이 되는지도 모릅니
다. 가령, 다음과 같은 체험세계를 소설로 쓰려면 어떻게 해야 될까
요. 일단 예를 들어볼게요. 이건 제 얘기예요.

언제부터인지 몽골 나들이를 좀 하게 됐어요. 제가 몽골에 간다
고 하면 다들 이렇게 물어요.

그곳에 무엇이 있지?

초원.

초원에 가면 무엇이 있는데?

아무것도 없어.

그런데 왜 가?

아무것도 없는 걸 보러 가지.

왜?

난처한 일입니다. 그곳에 가보지 않은 사람은 '아무것도 없는 것'을 본다는 말이 무슨 말인지 모르기 때문이에요. 저는 생텍쥐베리가 그래서 『어린 왕자』를 썼다고 봅니다.

생각해 보세요. 공간의 이동은 한 영혼이 맞닥뜨린 다수의 세계를 연결시킵니다. 여행이 늘 문화의 형성에 관여하는 까닭이 여기에 있어요. 관광은 인간의 욕망과 돈만을 이동시키는 게 아니라 다른 문화를 어떻게 대할 것인가 하는 '인식의 틀'을 제공해요. 우리는 도보여행의 마지막 세대가 남긴 글을 읽고 문학을 배웠지만, 우리의 문학은 전혀 다른 경험적 기초를 재구성합니다. 거기에 새겨져 있는 문명사적 패러다임들이 함의하는 바는 결코 단순하지 않아요. 철도는 여행의 불편이나 위험만 제거시킨 게 아니라 여행자(인간)의 지각 자체를 구조적으로 변화시켰습니다. 깊이와 음영의 소실, 풍경으로부터 공간성의 제거, 이런 것들로 인해 산업혁명 이전까지 지각할 수 있었던 풍경들이 열차의 속도에 의해 날아가 버렸어요. 그래서 우리는 자주 망각합니다. '있는 장소'와 '보는 풍경'

사이에 '실체가 거의 없는 경계'가 비집고 들어서 있다는 것을요. 그곳에서는 마차에서 비행기에 이르는 탈것들의 진화가 이루어졌어요. 그리하여 마침내 비행기는 모든 경계를 촌각의 커튼처럼 젖히고 날아갑니다. 까닭에 우리는, 인천에서 비행기로 세 시간 반, 별로 두텁다 할 수도 없는 어둠의 커튼 하나를 통과하면 울란바토르에 닿아요. 그러나 그 어둠 속에는 얼마나 많은 산과 들과 강과 호수가 있는지 모릅니다. 이렇게 가깝게, 이렇게 간단하게 대지의 목가적 연결이 끊어져버린 세계에서 우리는 살고 있어요.

이제 이런 복잡계의 인간을 우주에 널린 별의 표면의 하나인 사막에 내던진다고 가정해 봅시다.

저는 몽골에 닿을 때마다 지상의 어딘가에 아직도 이렇게 '광활한 곳'이 남아 있다는 사실에 감격합니다. 제가 처음 동몽골 초원 끝 보이르 호수를 찾아서 길을 떠날 때, 동서남북으로 언덕 하나, 나무 한 그루 없는 지평선 위에서 막막했던 기억이 새롭습니다. 아무것도 없는 곳에서는 아무것도 무기가 되지 못해요. 세계는 크고 존재는 한없이 초라하죠. 광야를 누비는 햇빛과 바람과 빗방울들 앞에서 잘생겼다거나 부자라거나 영리하다거나 하는 것은 아무 보탬이 되지 않습니다. 그냥 막막히 견뎌야 할 뿐이죠. 저 머나먼 지평선 끝에서 벗이라도 나타나면 얼마나 좋을까요? 그래서 그 '아무것도 없음'을 눈이 빠지도록 견디느라 유목민의 시력은 5.0이 되었습니다. 안경을 쓰고도 1.0의 대지에 갇혀 있는 나의 시력에 비추어 그들의 눈빛 속에는 무엇이 들어 있을까요?

66

내 눈빛이 한없이 먼 곳까지 닿았으면 좋겠어. 내 목소리도 한없이 먼 곳까지 닿았으면 좋겠어. 내 마음도 끝없이 머나먼 저 곳에 닿았으면 좋겠어.

이런 갈망이 들어 있을 거예요. 그리고 인간의 그리움은 필시 예술의 근원적 열정을 낳게 되어 있습니다.

『어린 왕자』는 바로 이 같은 존재를 소설의 화자로 두고 있습니다.

아무것도 없기 때문에 그곳에서 부르는 노래는 산에게 들려주는 것, 초원에게 들려주는 것, 말에게 들려주는 것, 양 떼에게 들려주는 것, 더 먼 길을 떠난 옛 조상에게 들려주는 것들이 있죠. 우리에게는 없는 그 공허(?)한 노래들은 역시 우리에게는 없는 그리움들을 담고 있습니다. 마음도 마찬가지예요. 대지의 크기가 기다림의 크기요 그리움의 크기이며 존재의 크기, 즉 생명의 크기죠.

이제 『어린 왕자』가 어떤 현실을 토대로 하고 있는지 짐작이 됩니까? 그 유목민의 언어를 우리 복잡계 인간들이 못 알아듣기 때문에 생텍쥐베리는 신화적 상상력을 동원합니다. 여기에 그런 판타지의 현실적 의의가 있어요. 몽골의 광활한 대지에 서서 망막 무제의 지평선을 마주해보면 재산도, 용모도, 명예도, 뛰어난 두뇌와 높은 학식도 아무 쓸모가 없다는 것을 실감하게 되죠. 이 존재 하나가 막막한 대지를 그냥 견디는 방법밖에는 별다른 수가 없는 장소, 존재 하나하나가 얼마나 외로운지를 뼈아프게 실감할 수밖에 없는 장소 말입니다. 그곳에서 타자를 만나면 어떻게 되겠습니까? 우리는 가끔 텔레비전에서 봅니다. 어두운 골목길, 혹은 산길을 걷다가 사람을 만나 화들짝 놀라는 장면 같은 것 말입니다. 어둠 속을 걷다가 사람을 만나면 무섭잖아요. 그것은 외로움이 무언지 모르는 존재들 속에서 생기는 증상입니다. 어항 속의 물고기들처럼 서로 부딪히면서 살면 타인이 얼마나 지겹겠습니까? 이런 상황에서는 상처나 고통이 예비되어 있지만 유목민의 삶으로 들어가면 인생에서 한 번 스쳐간 사람을 두 번 스쳐갈 일이 없습니다. 옆집이 지평선 안에 들어있지 않아요. 그래서 마주치는 사람을 언제 다시 만나게 될지 모릅니다. 얼마나 소중한 인연입니까? 오늘 한 번 스쳐가고 나면, 언제 다시 인적이 나타날지 알 수 없어요. 환대할 수밖에 없겠지요? 저도 여러 번 경험을 해봤는데, 초원에서 자동차가 야밤에 길을 잃으면 멈춘 자리에서 헤드라이트를 켜서 한 바퀴를 돌아봅니다. 그 불빛 끝에 이동식 천막 주택이 걸리면 무조건 다가갑니다. 새벽 2시건 4시건 불빛이 다가가면 안에서 인기척이 들리고 사람이 나와요. 그리하여 묵겠다고 하면 잠자리를 제공하고 떠나겠다고 하면 길을 안내해주지요. 그것도 수면에 방해받은 주인이 전혀 귀찮은 내색도 없이 말을 타고 한없이 동행하면서 방향을 옳게 잡는 것을 최종 확인한 다음에 돌아갑니다. 그런 외로움, 그런 현실을 모르는 사람들에게 이를 설명하려면 불가피하게 상상력이 발동될 수밖에 없을 거예요. 그래서 거기에 가면 누구나 어린 왕자가 되고, 아이가 돼요. 동시에 도시가 만든 제도와 관습 같은 것이 자아내는 불필요한 장면들은 모두 바람에 씻겨 버리는 경험을 합니다. 여기서 중요한 것은 『어린 왕자』와 같은 훌륭한 상상력이 모두 막연한 공상이 아니라 구체적 현실에 기초한 상상력을 통해서 나온다는 겁니다. 생텍쥐베리는 사막에 불시착해서 광활한 대지의 현실을 실감한 나머지 그런 곳에서 발생되는 그리움을 독자들에게 전하기 위해 불가피하게 별에 대한 상상력을 가동시켰어요.

현실이란 이렇게 중요합니다. 사실, 독자가 서점에서 책장을 넘기다가 성의 없이 던져버리는 글을 쓴 작가들도 학창시절에는 모두 대단한 천재 소리를 들었을 겁니다. 그들의 모교를 찾아가보면 틀림없이 한 학년에 몇 안 되는 재능을 가졌던 천재였다고 얘기해줄 거예요. 그렇다면 그런 작가의 글을 독자는 왜 그리 야멸스럽게 푸대접을 안겼을까요? 분명한 사실 중 하나는 독자가 눈물 한 방울을 떨어뜨린 자리는 반드시 작가가 피눈물을 흘렸던 지점이라는 겁니다. 작가가 체험 과정에서 피눈물을 흘렸던 자리가 바로 독자가 감동의 눈물을 떨어뜨린 자리예요. 군대에서 쓰는 말로 '훈련에서 땀 한 방울이 전투에서 피 한 방울'이라는 격언이 창작에도 고스란히 적용됩니다. 그걸 이렇게 생각하면 쉬워요. 세상의 누구도 자신이 갖지 않은 것을 남에게 줄 수 없지요? 내 호주머니에 돈이 없는데 어떻게 남에게 용돈을 줍니까? 내게 어떤 유형의 현실인가, 외로움의, 뼈아픔의 무엇인가를 가지고 있어야 그 일부가 독자에게 전달되는 게 가능하겠죠?

여기서 다시 백일장의 예를 든다면, 사전 또는 책들을 펼쳐보면서 어떤 착시현상에 의해서 '넘실거리는 바람결' 같은 표현들을 생각해내고 써나갈 게 아니라 각자 생애의 발자국 위에 얹힌 시월의 모습을 살펴보는 게 훨씬 빠르고 쉬운 길이에요. 가령, 한 인간이 태어나서 최초의 걸음마에서 큰방, 작은방으로, 점점 자라면서 동네 고샅길에서 학교로, 나중에는 도시로, 세계로, 이렇게 생애의 발자국이 마구 찍혔을 그런 행로를 따라 그 작가의 문학세계, 정신세계가 펼쳐진다는 것이 '현실로부터'라는 말의 참뜻입니다. 그렇다면 글쓰기의 첫 단계는 현실로부터. 뜬구름 잡기 하지 말고 내 발자국 위에서, 내 발자국을 뒤져도 '시월'이 없으면 나와 밥상을 같이 사용한 엄마, 할머니, 아버지, 형, 언니의 발자국에 얹힌 것을 다시 찾아보세요. 거기에 내가 쓸 이야기가 놓여 있을 거예요. 그리고 그것은 남들은 잘 모르는데 나는 잘 아는 만큼 오직 내게 특권이 있는 이야기입니다. 경쟁력으로 봐도 얼마나 유리한 소재입니까?

자, 여기까지. 말은 쉽지요?

하지만 사실은 현실로부터 출발하려고 해도 그 현실이라는 것이 결코 간단하지 않습니다. 현실 속에는 어린 시절에나 통하던 것이 있는가 하면 오랫동안 이해하지 못한 채 지나쳐왔던 것들도 있습니다. 다시 예를 들까요?

또 하나 등장해야겠네요. 그는 철없던 시절에 그냥 학교 운동장에서 뛰어놀곤 했습니다. 그런데 어느 날 갑자기 뒤통수 언저리가 간지럽습니다. 뭘까? 하고 돌아보니 화장실 뒤쪽에서 웬 여학생이 눈길을 주고 있어요. 가끔 마주치면 기분이 이상해지는 눈동자가 나를 지켜보다가 얼른 사라지곤 해요. 그 야릇한 느낌이 내게 변화를 준 게 있습니다. 옛날에는 친구들과 어울려 다녀도 언제나 내가 주체이고 세상은 바라보이는 대상에 불과했는데, 어느 순간 내가 대상이 되는 체험을 한 거예요. 이렇게 되면 머리가 복잡해지기 시작하죠. 학교가 끝나고 집에 갈 때도 곧바로 질러가지 않고 먼 들길을 에돌아갑니다. 같은 방향의 친구들을 따돌리고 혼자 걷기도 하고, 집에 와서도 가방을 휙 던져놓고 텔레비전이나 보던 버릇이 없어지고 말았어요. 혼자 고독하게 방에 건너가서 불도 켜지 않고 우두커니 앉아 있는 시간이 많아졌습니다. 그러다가 밤이 됐는데, 문득 이상한 거예요. 아니, 불도 안 켰는데 왜 이리 환할까? 그래, 창문을 열어보니 달빛입니다. 세상에! 달빛이 이렇게 환할 줄은 상상조차 못했던 일입니다. 그래서 턱을 괴고 앉아 생각합니다. '달빛이 이렇게 환했던가? 그 소녀가 마치 나를 쳐다보고 있는 것 같아.' 지금 이게 어떤 장면인 줄 아시겠어요? 맞아요. 김소월의 「예전엔 미처 몰랐어요」입니다.

그런가 하면 또 이런 현실도 있습니다.

어릴 적엔 떨어지는 감꽃을 셌지/전쟁 통엔 병사들의 머리를 세고/지금은 엄지에 침 발라 돈을 세지/그런데 먼 훗날엔 무엇을 셀까 몰라.

김준태의 「감꽃」이죠. 누구의 가슴에나 있는 것을 뛰어난 시인들은 참 잘 찾아내죠?

　그러나 더욱 복잡한 현실을 건드리는 시인들도 있습니다. 예를 하나 더 들게요. 다음은 김수영의 「거대한 뿌리」입니다.

　나는 아직도 앉는 법을 모른다

　어쩌다 셋이서 술을 마신다 둘은 한 발을 무릎 위에 얹고

　도사리지 않는다 나는 어느새 남쪽 식으로

　도사리고 앉았다 그럴 때는 이 둘은 반드시

　이북친구들이기 때문에 나는 나의 앉음새를 고친다

　8.15 후에 김병욱이란 시인은 두 발을 뒤로 꼬고

　언제나 일본여자처럼 앉아서 변론을 일삼았지만

　그는 일본대학에 다니면서 4년 동안을 제철회사에서

　노동을 한 강자다

　나는 이사벨 버드 비숍 여사와 연애하고 있다 그녀는

　1893년에 조선을 처음 방문한 영국왕립지학협회 회원이다

　그녀는 인경전의 종소리가 울리면 장안의

　남자들이 사라지고 갑자기 부녀자의 세계로

　화하는 극적인 서울을 보았다 이 아름다운 시간에는

　남자로서 거리를 무단 통행할 수 있는 것은 교군꾼,

　내시, 외국인의 종놈, 관리들뿐이다 그리고

　심야에는 여자는 사라지고 남자가 다시 오입을 하러

활보하고 나선다고 이런 기이한 관습을 가진 나라를

세계 다른 곳에서는 본 일이 없다고

천하를 호령한 민비는 한 번도 장안 외출을 하지 못했다고……

-김수영 「거대한 뿌리」 일부

　이 시가 재미없는 사람도 있을 수 있어요. 1960년대의 서울에 있는 화자가 1893년에 조선을 처음 방문한 영국왕립지학협회 회원과 연애를 한다는 설정 자체가 마음에 들지 않을 수 있습니다. 찬찬히 들여다보면 이유를 알 수 있어요. 제1연은 '앉는 버릇'을 통해 문화라고 하는 것이 인간의 삶을 얼마나 강고하게 지배하는지를 (아마 이래서 세 살 버릇이 여든까지 간다고 할 거예요.) 이야기하고, 제2연은 비숍 여사가 1893년에 보았던 서울의 풍경(특히 문화의 측면에서)을 말하며, 제3연부터는 이것들이 여전히 지금 우리 삶의 밑바닥에 남아있음을 깨닫고 있어요. 그리하여 제4연에서는 정치현실이라든가 이데올로기, 혹은 침투된 외래문물들에 비해 무의식적으로 이어받은 유구한 문화적 힘들이 얼마나 크고 소중한 것인가를 술회합니다. 제목이 암시하듯이 존재의 뿌리내리기를 보여주는 작품입니다.
　이 시를 애독하려면 인간의 현실이 중층적으로 구성되어 있다는 걸 이해해야 합니다. 김수영은 당시에 번역을 해서 살았어요. 그에게는 텍스트들도 중요한 현실의 일부였으니 그 대상이 되는 필자들도 문단의 동료 못지않게 중요했겠죠. 비숍은 1893년에 처음 서울에 와 남한강 일대를 답사한 지리학자입니다. 그녀는 열강의 침략 시기에 조선을 기행하면서 이 미개한 사람들이 의외로 강한 문화적 힘을 가지고 있다는 점에 대단히 고무되죠. 문화적 힘이 크고 자기 정체성이 뚜렷해 머지않아 이 민족이 하나의 독립국가로서 매우 훌륭한 삶을 영위하게 될 것이라고 기대하는 내용을 그녀는 『한국과 그 이웃나라들』이라는 제목의 기행문에 기록했어요. 바로 이 기행문을 읽다가 김수영이 문득 사대주의에 절어 있는 한반도 문화의 밑바닥에 깔린 자기 긍정의 정체성을 깨닫는 거죠. 사실, 비숍 이전에도 남한강에 대한 기록은 많습니다. 조선시대까지는 서울에서 여주에 이르는 강물을 '나라의 길'이라 해서 국도라 부를 정도였으니 여기에 대한 기록이 없었을 리 없죠. 그러나 근대적인 개념의 기행은 아마 그녀가 처음이 아닐까 해요. 그녀는 동양인도 아니면서 65세의 나이에 이 먼 나라의 강줄기를 기행했는데 완전히 학술적인 가치가 있고도 남을 만큼 기록내용이 성실했어요. 김수영은 그 점을 몹시 외경스러워했습니다. 매일 그 생각을 했다는 말을 '연애한다' 했겠죠.

김수영은 「거대한 뿌리」를 통해 앞에서 예로 들었던 것들과 비교해 많이 복잡한 현실을 다룹니다. 창작 실제의 자리에 서면 현실의 여러 층위에 대한 선택의 고민이 많아집니다. 문제는 이렇게 많은 현실 중에서 무엇과 정들까, 누구를 사귈까, 사랑할까를 정해야 하는 것입니다. 이 부분이 잉태의 단계에서 고민해야 할 두 번째 숙제입니다.

사실, 숱한 현실 속에서 어떤 것을 선택하는 것은 굉장히 어려운 일입니다. 흡사 배우자를 만나는 것과 같으니, 창작에서 소위 작품의 핵을 취하는 문제는 그만큼 중요하고 큰일에 속하겠지요. 작품의 핵, 좋은 글감, 창작의 배우자를 찾는 일이 그렇게 어려운 것이라면 그걸 잘하기 위해서는 어떻게 해야 될까요?

　제가 생각할 때 좋은 배우자가 되려면 대략 세 가지 정도의 미덕을 지녀야 하지 않을까 싶습니다.

　첫째는 매혹의 크기가 커야 합니다.

　전에 말씀드렸다시피 문학은 누구나 할 수 있지만 아무렇게나 할 수 있는 것은 아닙니다. 인간이 할 수 있는 일 중에서 굉장히 어려운 일에 속하지요. 그래서 글을 쓸 때 누구나 반드시 경험을 할 수밖에 없는 게 있어요. 대부분 출발할 때는 명작일 거라 믿으며 시작해요. 그런데 쓰다 보면 자꾸 다른 지점에 봉착하게 됩니다. 나중에는 "에구, 삼류여도 좋아. 제발 끝나기만 하렴." 이렇게 마침표를 찍는 게 목적이 되는 단계로 가는 거예요. 누구나(분명히 말해둡니다. 위대한 작가들도 이 '누구나'로부터 예외가 되지 않아요.) 마침표를 찍는 게 굉장히 어렵습니다. 뼈를 깎고 피를 말린다 하지 않습니까? 이 어려운 일을 하려면 반드시 필요한 것이 '강력한 표상'이에요. 작가를 매혹시켜서 쓰지 않고는 배길 수 없게 만드는 표상, 이것이 창작의 동기를 강력하게 작동시켜주지 않으면 작가는 힘든 글을 마칠 수 없어요.

　다음으로, 둘째는 형상화 능력에 맞아야 합니다.

앞 장에서 예로 들었던, 삼일운동부터 사일구, 오일팔을 관통하는 민족 대서사시를 쓰겠다는 식의 꿈은 그냥 욕심에 불과하죠. 글쓰기가 말처럼 쉽다면 무슨 장담인들 못 하겠습니까? 체험되지 않는 것을 공부해서 쓰는 데는 한계가 있어요. 예를 들어서 내가 군대를 소재로 글을 쓰려면 가장 좋은 것은 군대를 갔다 오는 것이겠죠. 그렇지 않고 르포 몇 개 읽고 군대를 그릴 수 있다? 설마 그렇게 쓴 글을 군대에 갔다 온 독자가 읽을 수 있다고 생각하는 건 아니겠지요? 그들이 읽을 수 있으려면 적어도 군부대에 출퇴근하는 방위하고 자취라도 같이 해봐야 해요. 그래야 형상화 능력이 생기는 겁니다. 제가 공장 안에 들어가 보진 않았어도 그와 비슷한 경험이 있거나 그 공장에서 일하는 사람과 밥상을 같이 사용하면 공장 실감을 어느 정도 살릴 수가 있어요. 그러나 자료에서 얻은 지식만으로는 가능하지 않습니다. 대부분의 독자는 아주 미세한 디테일 하나에서 실감을 전해 받습니다. 여기서 꼭 상기할 이야기가 있습니다. 그것은 '세부의 비진실성은 작품 전체의 진실성에 파탄을 가지고 온다'는 거예요.

그리고 남의 것이 별로 쓸모없는 이유는 거기에 진정성이 담기지 않기 때문입니다. 창작 동기가 내 안에서 솟구쳐 나와야 열정이 꺼지지 않고 활활 타올라요. 그래서 작품의 밑바탕에는 작가의 삶이 알리바이로 깔려 있어요. 작품에서 뛰어난 부분, 정말 실감 나는 대목, 이런 것들의 근거를 뒤져보면 틀림없이 작가의 삶 속에 알리바이가 숨어있어요. 그래서 제가 비평가적 관심으로 조심스레 여쮜본 적이 있는데, 예를 들어 조정래의 『태백산맥』을 보면 그 서사를 구성하는 인물 서열에서 소화가 맡는 역은 상당히 작습니다. 조연도 그런 조연이 없어요. 그러나 독자를 『태백산맥』 안으로 끌어들이는 첫 번째 인물이 소화예요. 저는 『태백산맥』을 읽으면서 소화라는 인간형은 틀림없이 작가의 삶 속에 자리해 있는 실존 인물일 것으로 생각했어요. 그래서 여쭤봤더니 웃기만 하고 안 가르쳐줘요. 하지만 지금도 여전히 어머니, 이모 근처쯤 되는 아주 중요한 위치의 인간형일 거라고 생각하고 있습니다. 황석영 「삼포 가는 길」의 백화도 아마 그럴 겁니다. 그냥 우연히 만들어진 인물이 실감의 크기를 그토록 확보하기는 쉽지 않아요. 대부분의 명장면이 작가의 삶에 알리바이를 두고 있다는 걸 세계문학사는 지속적으로 증명하고 있어요. 작품이란 바로 이런 겁니다. 가령, 마흔두 살 된 작가가 한 달 만에 단편을 썼다고 해요. 소설에 사용된 문자를 기록한 시간은 열흘 정도밖에 안 됐겠죠. 어떤 사람은 그 열흘이 작품에 투여된 시간의 총량인 줄 아는데, 사실 거기에는 작가의 생애가 관여되어 있습니다. 그렇다면 작품을 쓸 때 각별히 준비해야 할 것 중 하나가 창작의 동기입니다. 글을 써야 할 동기가 너무나 커서 틈만 나면 솟구쳐 나오려 하는 것, 내부로부터 열정을 분출시키는 대상, 매혹적인 연인, 친해지고 싶어서 같이 살지 않으면 안 될 배우자를 만나면 대부분 2세를 얻게 되죠. 이거 주변에서 쉽게 확인되는 사실 아닌가요?

그런데 분명히 남의 것인데도 내게 커다란 동기를 주는 경우도 없지 않습니다. 내 바깥에서 시작된 자극이 내 안에 있는 열정을 지속적으로 깨우는 경우예요. 그걸 쓰려면 형상화 능력을 만들어 내야 해요. 취재도 하고 답사도 하고, 거기서 얻어지는 내용들을 이웃들에게 들려주기도 하고…, 그러다 보면 내 것과 똑같은 실감이 확보될 수 있습니다. 형상화 능력에 맞지 않는 거창한 것보다 형상화 능력에 맞는 것이 중요한데, 그냥 형상화 능력을 괄호 안에 묶어놓고 거창한 것과 하찮은 것을 비교했을 때도 거창한 것보다 하찮은 것이 더 좋은 소재입니다. 매우 하찮아 보이는 계곡을 타고 들어가면 거창한 진실을 맞닥뜨리게 되는 것, 즉 하찮아 보이는데 큰 것, 이게 굉장히 좋은 글감이라고 생각할 수 있어요.

좋은 글감을 얻기 위해 고려해야 할 세 번째 요소는 '사회적인 기여도'와 관계되는 것입니다. 우리가 늘 품고 사는 감정 중에는 공적인 것도 있고 사적인 것도 있습니다. 개인만의 감정을 모두 사적이라 하는 건데, 거기에 구태여 공적인 게 있다고 말하는 건 또 왜일까 생각하는 분이 있을 것 같아요. 제가 언젠가 러시아의 플레하노프가 했던 말을 들려드린 적이 있지요?

사랑을 잃어버린 소녀는 사랑을 잃어버린 슬픔을 노래할 수 있지만 돈을 잃어버린 수전노는 돈을 잃어버린 슬픔을 노래할 수 없다!

왜 그럴까요? 문학을 하는 사람들에게 이건 중요한 얘기입니다. 첫사랑의 황홀이 내려앉을 수 있는 상태에 처한 인간을 흔히 '소녀'

라고 부르지요? 그런가 하면 삶에서 가장 중요한 것은 돈밖에 없다고 생각하는 사람을 '수전노'라고 불러요. 소녀가 사랑의 마음을 절대 가치에 두는 만큼 수전노도 돈의 가치를 절대적인 것으로 여깁니다. 둘 다 목숨 다음으로 소중한 게 오직 '이것뿐'이라고 믿는 공통점이 있죠. 그런데 그렇기 때문에 수전노는 적어도 돈에 대한 태도만큼은 세상의 무엇보다 우선시하고 적극적일 겁니다. 우정보다, 의리보다, 도의보다, 인정보다, 사랑보다, 돈이 더 먼저이지요. 그로 인해 주변에서 얼마나 상처를 받겠습니까? 그런 이가 어느 날 그것을 잃어버리고 말았어요. 누가 훔쳐간 건지 자신이 흘린 건지 알 수 없지만 잠시 주의력을 잃은 틈에 그만 없어지고 말았으니 얼마나 슬픕니까? 세상에서 제일 소중한 걸 잃은 사람은 누구나 속이 허전하고 마음이 아파서 슬픔을 겪게 되지요. 그런 날은 일도 손에 잡히지 않아서 옆집에 있는 친구한테 가기 마련이에요. 그럼 친구가 묻습니다.

"얼굴색이 안 좋네?"

이때 수전노가 쉽게 진심을 말할 수 있을까요?

"응. 돈을 잃어버렸어."

이러는 순간 친구는 속으로 쾌재를 부를지 몰라요. '미안하지만 고소한 바가 없지 않네. 감춰둔 돈 보따리를 무덤까지 가지고 갈 것처럼 굴더니. 어머니 수술할 때 조금만 꿔달라고 해도 시치미를 딱 잡아떼더니.' 십중팔구는 이렇게 생각할 것이 틀림없습니다. 그렇다면 수전노는 감정표현을 하지 않게 될까요? 그건 아니겠죠. 아마도 엉뚱한 대답을 할 걸요.

"응, 하늘이 아주 푸르네. 바람도 쓸쓸하고."

듣는 사람은 착각하기 쉽지요. 그토록 서정적인 슬픔을 드러냈는데, 그 밑바탕에 놓인 우울함의 진정성이 안 느껴진단 말입니다. 그래서 '맞아, 저 수전노가 바람 때문에 슬플 까닭이 없어. 틀림없이 손해를 입은 일이 있었구먼.' 이럴 거예요. 바로 이런 걸 사적 감정이라 부를 수 있습니다. 이기적 감정, 배타적 감정, 이런 건 개인의 내면에서 크게 절실히 굽이쳐도 노래가 될 수 없어요.

그에 반해 소녀가 사랑을 잃었을 때는 어떻게 합니까? 사춘기 때 경험해보신 적이 있으시지요? 친구를 찾아가서 밤새 속닥거립니다. 그걸 열심히 들어주고 또 물어주고 아쉬워해주지 않는 친구는 드물 거예요. 불을 끈 상태에서 창문이 환하게 밝아올 때까지 소곤소곤 떠들다가 아침을 맞는 예가 허다해요. 이런 걸 사감(私感) 중에서도 제가 지금 공적이라고 말하는 겁니다. 그런 걸 우리는 역사책에서 많이 봤습니다. 일제강점기 때 징용되었던 이들의 사진이 교과서에 실린 적이 있어요. 탄광 벽면에 "엄마, 배고파요." 혹은 "집에 가고 싶어." 이런 낙서 말입니다. 사할린에서 죽어간 이들, 일제가 강제노역을 시킨 탄광에서 숨져간, 나이 먹은 아저씨들이 담벼락이나 토굴에 써둔 낙서의 흔적을 보고 온 민족이 웁니다. 왜냐하면 여기에는 자기의 땅에서 뿌리 뽑힌 자들, 너무도 아쉽게 근거지를 잃어야 했던 한 공동체의 슬픈 역사가 아로새겨져 있기 때문이에요. 이런 말을 하는 건 결코 교훈적으로 글을 쓰라는 취지가 아닙니다. 하찮아 보이는 사람들, 개인의 삶에 담긴 슬픔이나 기쁨도 어떤 것은 세상에 널리 이롭고 어떤 것은 이웃들에게 상처를 줍니다.

　그렇다면 창작의 동기를 크게 주는 것, 형상화 능력에 맞는 것, 사회적 기여도가 큰 것이 겹치는 공집합을 찾아야 합니다. 현실로부터 출발하여 이것을 찾아내야 배우자를 얻는 거라면 백일장에서 연습장에 메모할 틈이 있겠습니까? 이 두 과정을 찾는 데 상당히 많은 시간이 걸려요. 그래서 창작의 두 번째 단계에 이르기까지 작가는 표현 몇 개를 고르느라 낑낑대고 메모할 틈이 거의 없습니다. 연애가 그렇잖아요. 자기에게 좋은 사람을 찾아내고, 그이가 내 사랑을 받아줄지 안 받아줄지 가슴 졸이는 시간이 태반이지요. 그것은 마치 『어린 왕자』에서 어린 왕자가 여우에게 너무 빨리 다가오지 말라고, 좀 더 익숙해지는 과정이 필요하다고 외치는 것과 같아요.

생명의 씨앗이 무르익을 때까지

이제 구체적인 현실로, 한 무엇이 한 무엇을 사랑하기 시작했어요. 사랑하면 자꾸 만나려 하고 만나면 헤어지기 싫잖아요. 너무도 좋은데 그냥 헤어지고 말면 얼마나 허전합니까? 일하다가도 생각나고 꿈속에서도 그립고, 이런 게 사랑의 현상입니다. 그래서 결국 하나가 되는 수순을 밟습니다. 처음에는 입술과 입술이, 점점 더 깊어져서 팔끼리, 다리끼리, 그러다 보면 필시 관계가 이루어집니다. 결혼을 통해 아기를 갖는 수순을 따르는 거죠. 여기에서 결혼을 하지 않은 사람은 잘 모르는 것이 있습니다. 산모의 비밀이에요. 저도 애가 셋인데, 큰애가 어릴 때 겪은 일이에요. 애가 어디서 갓난아기를 봤나 봐요. 얼마나 예뻐 보였던지 보채기 시작합니다. "엄마, 동생 낳아줘. 나는 왜 동생 없어?" 아내가 이렇게 답을 해요. "동생은 그냥 낳을 수 없어. 배가 불러야 낳는 거지." 그때부터 밥 먹을 때만 되면 큰애가 보채요. "엄마, 밥 많이 먹고 빨리 배불러서 아기 낳아." 이걸 어떡합니까? 잉태의 비밀이 탄생의 비밀 중에 제일 중요한 비밀이에요. 창작의 비밀 중에 제일 중요한 비밀이 바로 여기에 있습니다.

여기서 잠깐, 상기해봅시다. 제가 앞에서 비법을 알려드리겠다고 한 적이 있지요? 그 약속을 여기서 지키겠습니다. 새겨듣고 꼭 실행해 보세요.

글을 쓰는 사람이 반드시 겪는 시련이 있습니다. 처음에 무엇인가를 쓰고 싶어서 펜을 듭니다. 머릿속에서는 그 내용이 가물가물 움직이는 게 느껴집니다. 그래서 능력 발휘를 하려고 고개를 숙이면 아뿔싸, 머리에 있던 것이 금방 없어지고 말아요. 다시 고개를 쳐들고 눈을 감으면 어렴풋이 살아납니다. 근데 또 쓰려고 하면 없어져요. 어떡해야 될까요?

바로 이 문제예요. 창작에서 제일 중요한 것이 낳는 것이라 한다면 굉장히 통렬한 사실이 한 가지 있어요. 아기를 어머니가 낳는 걸까요, 아기가 스스로 나오는 걸까요? 흔히 어머니가 아기를 낳는다고 생각하듯이 작품도 작가가 낳는다고 생각하기 쉽지만, 사실은 아기가 스스로 태어나듯이 작품도 스스로 태어나는 것입니다. 만약에 탄생이 어머니의 것이라면 그 사이에 출장을 떠난 남편이 금요일에 돌아올 테니 당일 오후 여섯시까지 씻고 준비해 두었다가 귀가한 남편을 대동하고 병원에 가서 가장 편한 시간을 택해서 낳으면 될 거예요. 그런데 아기가 그걸 허락하지 않습니다. 어떤 경우에는 투표하러 가서도 낳고, 어떤 산모는 비행기 안에서도 낳아요. 어머니가 낳는 게 아니라 아기가 나오기 때문에 생기는 현상입니다.

그럼, 잉태란 뭔가? 어머니의 역할은 뭔가? 작품이 스스로 쏟아져 나오는 거라면 작가의 역할은 뭔가? 이런 의문이 생깁니다. 오에 겐자부로도 이 문제에 대한 생각을 펼친 적이 있습니다.

원래 일반적인 의미에서 구상이라는 말은 영어의 conception에서 온 말로 여겨진다. 같은 말이 임신을 뜻하기도 하는 것은 말이라고 하는 구조체 속에 있는 유기적인 뜻의 전개에 비추어 매우 흥미 있는 점이다. 임신. 자신 속에 정자를 받아들이고, 자신 속에 있는 난자가 그것과 어울려 자신 전체가 임신한다. 태아를 몸속에서 기르는 것에는 틀림이 없지만 오히려 태아 스스로 자라는 힘이 있어서 임신하고 있는 당사자의 의사로도 제어할 수가 없다. 임신하고 있는 인간의 생명을 뱃속의 태아가 위기로 몰아넣는 일도 흔하다. (중략) 구상은 분명히 작가가 하는 행위지만, 머릿속으로 구상을 하고 전개하는 것에 의해, 오히려 작가 자신이 객체화되는 경우도 있다. 그리고 그 극점에서는 작가의 주체가 위기에 처하는 일조차 있다는 소설의 구상이라는 행위, 그 독자적인 성격에도 새로운 빛이 조명될 수 있다고 여겨진다.

-오에 겐자부로 『소설의 방법』에서

여기에 잉태의 비밀이 있어요. 최초에는 물방울 하나였어요. 그 물방울이 10개월에 걸쳐서 점점 성장하여 인간의 모습으로 바뀌어 갑니다. 어디까지 바뀌어 가는가 하면 뱃속에서 적어도 존재의 틀을 전부 갖출 때까지 어머니 안에서 성장합니다. 물방울 하나였던 것이 머리, 팔, 다리, 몸통으로 변하는 거예요. 그래서 눈, 귀, 코, 손가락 따위의 윤곽을 모두 갖춘 다음에 어머니의 신체를 졸업합니다. 그렇게 기한을 끝내고 나면 아기가 나가겠다, 문 열어라 하고 뚫고 나오는데 어머니는 이를 어길 수 없어요. 이게 탄생입니다. 작가도 마찬가지예요. 그런데 그렇다면 어떻게 해야 되는 겁니까?

잉태해라. 무르익게 만들어라. 이게 비법이에요.

훌륭한 산모는 배 안의 아기를 잘 지킵니다. 작가도 그래야 해요. 머릿속에 있는 걸 바깥으로 옮겨놓으려 하니 사라졌다 하면 그건 임신 초기에 불과한 상태입니다. 그는 10개월을 견뎌야 해요. 글쓰기에서 가장 중요한 것이 이겁니다. 무르익을 때까지 기다려라! 언제까지? 물방울이던 것이 눈과 코와 귀와 손가락, 머리카락까지 모양을 갖출 때까지. 이 문제에 대해 제게 영감을 준 책 『형상과 전형』(장공양, 사계절)에서는 무르익는 시기를 언제까지로 잡느냐면 작품이 쏟아져 나올 때까지로 잡습니다. 작가가 어느 순간 정신을 차릴 수 없는 지점이 있어요. 줄지어 나올 때, 형상이 와르르 밀려나올 때, 바로 작품이 태어나려 해서 다른 일을 할 수 없는 상황이 옵니다. 그게 작품을 받아내야 하는 시점이에요. 바로 이때까지 연필을 들지 않고 창작이 진행되고 있습니다.

이제부터 하는 말은 모두 제 기억 속에서 오래 묵은 거라 다소 변형돼 있을 수 있으니 감안하고 들어주세요. 여기서 그 비법을 구현하는 요령, 즉 무르익게 만드는 방법을 말씀해 드릴게요.

언젠가 《신동아》에서 읽었는데, 역시 오래돼서 언제쯤 나온 건지 알 수 없어요. 박경리의 『토지』 2부가 끝나고 김치수와 나눈 대담에서 평론가가 작가에게 묻는 대목이 나옵니다. 아마 이랬을 거예요. "선생님의 작품은 등장인물이 많습니다. 한국 비평문학의 발전을 위해 등장인물에 대한 메모를 내놓으실 수 있습니까?" 여기에 박경리의 답이 부정적입니다. "전혀 보탬이 되지 않을 거예요." "등장인물이 많잖습니까? 그에 대한 메모들이 작품세계를 이해하는 데 도움이 될 것입니다." "그런 메모가 없습니다." 제 기억에, 작가가 『토지』 2부까지 쓰는 데 사용된 메모의 총량이 백로지(16절지) 한 장이었던 것 같아요. A4 용지보다 조금 작은 종이 한 장 말입니다. 재미있죠? 대하소설을 쓰는 데 A4 용지 한 장밖에 메모하지 않았다니, 이게 말이 되는 소리냐고 할 사람이 많아요. 제가 아는 작가 중에는 메모를 열심히 해서 작업실에 가보면 왼쪽 벽 모서리부터 한바퀴 뱅 돌아서 '태어났을 때, 일곱 살 때……' 따위의 연표가 온 벽을 채우는 경우도 있어요. 박경리는 그게 잘못이라고 얘기하고 있어요.

《녹두꽃》이라고 하는 문예지가 1989년 무렵에 나왔는데 창간호에 '조정래의 태백산맥에 대한 보고서'가 실려 있습니다. 1989년, 1990년 무렵에 《사상문예운동》이라고 하는 문예지가 있는데 거기에는 황지우, 김준태 등 실제 경험을 쓴 메모가 발표되었고, 그 다음 했던가? 《노둣돌》이라는 문예지에 '황석영의 인터뷰' 글이 실렸습니다. 그것들을 쭉 읽어보면 두드러진 공통점을 발견할 수 있어요. 작가가 섣불리 메모하지 않는다는 거예요. 아까 그 평론가께서 "박경리 선생님은 그럼 어떤 걸 메모하셨습니까?"라고 물었습니다. 질문할 수밖에 없잖아요? 여기에, 동명이인의 등장 같은 곤란을 피하기 위한 메모는 불가피했다고 말합니다. 그렇습니다. 문학이 문자예술이다 보니 발생되는 한계에 대처할 필요가 생겨요. 가령, 동명이인이라 하더라도 영상으로 보여주면 얼굴이 다르니까 금세 알게 되죠. 그런데 문학작품에서는 동명이인이 출현하면 치명적입니다. 극복이 잘 안 돼요. 대하소설에서 동명이인을 출현시킬 경우, '써놓고 나서 이름 바꾸면 간단하잖아요'라고 생각할 수 있지만 그건 그렇지 않습니다. 작품을 써놓고 이름을 바꿔보세요. 뉘앙스가 깨지고 맙니다. 사람의 이름을 바꾸는 것이 그렇게 간단하지 않아요. 등장인물의 성격(인간형)과 연관되기 때문에 호칭에서 풍기는 어감이 문자예술에서는 굉장히 중요해요. 이 때문에 등장인물과 생년월일을 메모한 것, 이것이 『토지』의 메모 전부였다고 박경리는 이야기합니다.

조금 전에 이야기했던 《사상문예운동》이라는 문예지에서 황지우 시인이 쓴 창작 메모에는 이런 내용이 있어요. 자려고 불을 끌 때 어떤 생각 하나가 섬광처럼 떠올라 후다닥 일어나서 불을 켜고 메모를 합니다. 다음 날 아침에 "이렇게 유치한 구절을 간밤에는 왜 섬광이 일었다고 생각했을까?" 실망합니다. 조정래도 그런 이야기를 한 적이 있는데, 그에 의하면 안에서 콩알 만한 것이 발생하여 메모해 두면 생각이 깨져버리고 그것을 가만히 놔두면 눈덩이처럼 커져서 점점 어떤 모양을 만들어내요. 김준태 시인의 창작 메모에도 이런 이야기가 있습니다. 당시 먼 시골까지 출퇴근하는 교사 신분을 가지고 있을 때예요. 두 시간인가 걸리는 곳을 버스로 오갈 때, 작품이라는 게 참 신기하게 예기치 않은 시간에 불쑥 생겨난다는 거예요. 그런데 저마다 운을 따로 가지고 있어서 어떤 것은 시간을 잘 맞춰서 태어납니다. 예를 들어서 집에 와서 씻고 밥 먹고 반드시 책상에 앉아 뭔가를 끄적거리다 자게 되는데, 그 시간에 맞춰서 나오는 작품이 있어요. 최적의 상태에서 태어난 아이라 해야죠. 그럼 전혀 다치지 않고 순산을 할 수 있어요. 어떤 작품은 내내 걱정스럽고 불편한 시간에 태어납니다. 지각해서 학교에 닿으니 교감 선생님이 잔소리를 해요. 그런데 작품이 나오니, 귀로 듣는 척하면서 손을 밑으로 내려서 슬그머니 받아 적는다는 거예요. 그때 교감 선생님이 "아니, 김 선생님 제 말 안 들립니까?" 하면 나오던 것이 움찔 하면서 잘리는 수도 있겠죠. 이렇게 되면 작품이 불행해요. 태어나는 시간과 환경이 좋지 않아서 어떤 부분에 상처를 입고 흉터가 남습니다.

작품은 이렇게 무르익어서 아기가 태어나듯이 순식간에 쏟아져 나오는 겁니다. 그때까지 작가는 인내심을 가지고 충실하게 기다려야 작품의 탄생이 행복해집니다. 작품이 무르익지도 않았는데 억지로 끄집어내려 하면 상당히 많은 문제가 야기됩니다. 심한 경우에는 죽는 수도 생겨요. 그래서 작품을 끝내 낳지 못하고 배만 아프고 마는 수도 있지요.

안에서 무르익어야 한다, 무르익도록 기다려라! 이건 너무 중요한 문제이니 다시 한 번 정돈해보겠습니다.

창작자가 작품을 잉태하고 있으면서 겪는 고통을 흔히들 탄탈루스의 고통에 비견하는데요. 그리스 로마 신화에 나오는 탄탈루스가 겪는 고통은 이런 겁니다. 리디아의 왕이자 제우스의 아들인 탄탈루스는 하늘의 기밀을 폭로한 잘못으로 물속에 몸을 담그고 있어야 하는 벌을 받습니다. 머리 위에는 과일나무가 있어서 맛있는 열매가 주렁주렁한데 따먹을 수 없어요. 탄탈루스가 목이 말라서 고개를 숙이면 물의 높이도 딱 그만큼 따라서 내려가요. 배가 고파서 과일을 따먹으려고 까치발을 하면 올려 딛는 만큼 과일도 올라가죠. 천지에 가득 차 있는데 하나도 내 것으로 만들 수 없어요. 이것이 창작의 고통이라는 거예요. 속에서 구상하고 잉태해서 아무리 낳으려 해도 뜻대로 되지 않는 고통. 작가가 속으로 '야 아무개 어떤 작품, 웃기지마, 내 속에 있는 작품만 못하다.'라고 콧방귀를 끼죠. 그런데 쓰려고 고개를 숙이면 사라져버립니다. 이게 얼마나 고통스럽겠습니까? 이 고통을 극복할 수 있는 방법은 아무리 낑낑대느라 시간을 끌어도 그것이 머릿속에서 사라지지 않게 하는 수밖에는 없습니다. 고개를 숙여도 닿지 않고 까치발을 딛어도 닿지 않는, 이 고통을 극복하기 위해서는 그것이 절대 없어지지 않게 해놓아야 합니다. 그리고 그것은 10개월 동안 무르익는 과정을 통해서만 이루어질 수 있습니다.

글 쓰는 사람들끼리는 이 과정을 잘 밟는 사람을 천재라 부릅니다. 그러니 창작에서 천재란 말은 사전 평가가 아니라 사후 평가인 셈이에요. 좋은 작품을 쓰는 사람일수록 본인이 구상한 원고 매수와 막상 탈고된 원고 분량이 거의 동일해집니다. 신경림 시인은 자신의 시를 대부분 기억하고 있다고 해요. 펜을 들기 전에 머리로 시를 다 썼던 거지요.

자, 여기까지 비법을 알려드리고자 했습니다. 그런데 이게 비법이 맞습니까?

2. 집필의 단계

첫 문장은 신이 내린다

작가가 작품을 쓰는 것이 어미가 새끼를 낳는 것과 같다면 작가는 창작에 매진하는 대부분의 시간 동안 연필을 들고 있지 않는 셈이 됩니다. 대신에 잉태의 기간이 필요한데, 그것이 왜 열 달이어야 하는지, 그동안 산모에게서는 어떤 일이 일어나는지, 이제 이 문제를 좀 상세히 살펴볼까 합니다.

제가 문단에 나올 무렵에 요즘 유행어로 '레전드' 급에 속하는 분들이 몇 있었어요. 그분들에게 들은 사례 중 하나인데, 한 번은 횡단보도를 건너다 굉장히 잘 아는 사람을 만났대요. '아, 저 사람!' 반가운 나머지 횡단보도를 건너다 말고 따라갔어요. 그리고는 반갑게 악수를 했는데 언제 어디서 어떻게 알았던 사람인지 기억나지 않더래요. 그 사람도 전혀 기억하지 못한 채 헤어지고 나서 곰곰이 생각해보니 언젠가 썼던 작품의 주인공하고 너무 닮았더라는 거예요.

이 얘기는 제가 글을 쓰는 데 상당히 큰 도움이 됐습니다. 어떻게 해서 생겨난 상황인지 이해가 되세요? 장편소설의 머리말이나 후기를 읽다보면 가끔 마주칠 수 있습니다. 가령 '나는 이제 지난 2년 동안 씨름했던 주인공과 작별할 시간이 되었다. 그간 잠잘 때, 일어날 때, 밥 먹을 때, 그 외 용무를 볼 때도 언제나 함께 있었고, 혼자 걸을 때도 함께 걸었다.' 이런 거요. 글을 쓰지 않는 사람은 좀처럼 믿지 않겠지만 어쩔 수 없이 이건 사실입니다. 예를 들어볼 게요.

그러면 이제 소설이 끝난 지금, 등장인물 몇 사람을 소설의 세계에서 이 후기(後記) 속에까지 끌어내보기로 하자. 그것은, 소설이 끝났다고는 하지만, 서로 약간의 미련이 남은 채 헤어졌다는 생각을 떨쳐버릴 수 없기 때문이다. 소설 속에서 좀 더 오랫동안 주인공들과 어울려야 했는데, 뜻대로 되지 않았다는 느낌이 든다. 물론 그것을 계속 써나가면 또 다른 새로운 이야기가 펼쳐지리라는 것은 잘 알고 있지만, 그래서 더욱 미련이 남는다.

재일교포 작가 김석범이 제주 4·3사건을 다룬 소설 『화산도』의 후기에 나오는 말입니다. 등장인물을 마치 실존 인물처럼 취급하고 있지요? 이유가 뭘까요?

나는 작중인물들과 오랫동안 사귀어 온 친숙한 사이이기 때문에, 앞으로 그들이 어떤 행동을 취할지 어느 정도는 예측할 수 있는 위치에 있다고 말할 수 있다. 그러나 그 모든 것을 예측할 수는 없다. 새로운 상황이 몇 겹이나 되는 기존상황에 겹쳐져 자꾸만 생겨나는 가운데 살아가는 인물들의 행동을 무대 밖에서, 소설 밖에서, 그 상황 밖에서 예측할 수는 없다. 아무리 필자라 해도, 그 인물들과 함께 소설의 세계에 자신을 내던지지 않는 한, 그것은 알 수 있는 일이 아니다.

여기서 추출할 수 있는 중요한 사실의 하나가 "작중 인물과 오랫동안 사귀"었다는 것입니다. 성격 자체가 무르익을 대로 익어서 완전히 살아있는 사람처럼, 자기들과 같이 더불어 사는 사람처럼 돼버렸어요. 그것은 세상에 실재하는 객관적 인물과 너무도 같아요. 그리고 또 하나 주목할 사실이 작가가 가지고 있는 건 등장인물에 대한 지식과 정보가 아니라 인간형 그 자체라는 점입니다. 작가는 마치 어미가 태아를 기르듯이 훌륭히 무르익도록 노력할 뿐입니다. 그러다 보니 자신의 작중인물이 소설의 무대 바깥에서 어떻게 움직일 것인지 객관적으로 유추할 수 있는 상황에 이른 겁니다.

애당초 나는 이 소설을 쓰기 시작할 때, 이방근이 언젠가는 자살하지 않을까 하고 생각했지만, 만약 그가 남을 죽임으로써 자살하지 않고 계속 살아간다면, 그것은 또 그것대로 소설의 세계에서 그 나름대로의 진전을 기대할 수 있을 것이다. (이 소설의 처음부터 마지막까지의 시간진행이 워낙 느려서 고작 2, 3개월에 불과하기 때문에, 그가 자살할 만한 상황이 그렇게 간단히 생겨나지는 않을 것이다.) 아니, 그가 자살하지 않는다면, 그것은 이윽고 찾아올 살육의 상황이 그에게 자살을 허용하지 않기 때문일 것이다. 필자인 나는, 이방근이 아마 정세용을 죽일 거라고 생각하고 있는데, 그러나 그는 '살인'에 어떤 명분이나 구실을 붙이지는 않을 것이다. 직접 손을 대지 않고 간접적인 살인을 범함으로써, 이방근은 '소유로부터의 자유', 즉 무(無)의 실현을 지향하는 자기 자신을 배반하게 될지도 모른다. 그는 커다란 중력에 의하여 '혁명'을 포함한 '세속'으로 질질 끌려 내려간다. 그리고 잠시 동안은 그 시소게임이 계속될 것이다.

도대체 어느 정도 무르익었는지 짐작할 수 있지요? 대체로 어머니들이 그래요. '내 자식은, 내 배 아파 낳았기 때문에 잘 안다. 만약 내 자식이 저런 상황에 놓이게 되면 반드시 무슨 문제가를 일으키게 될 것이다.' 작품이 무르익도록 기다린다는 것은 바로 어머니가 자식을 배 아파서 낳는 것처럼 인간 하나를 잉태해서 내놓기까지 고통을 참고 인내하는 것을 의미하죠. 그렇다면 '내 배 아픈 세월'의 정체가 뭘까요? 10개월 동안, 물방울 하나가 인간의 모습을 갖추어 갑니다. 이건 저보다 어머니들이 더 잘 아는 내용이겠죠?
자, 여기서 다시 또 다른 비법 이야기로 들어가지 않을 수 없습니다. 먼저, 어떻게 하면 난산이 아니라 순산에 이를 수 있는가 하는 점부터 얘기를 할게요.
바야흐로 낳는 단계에서 생각할 키워드가 있습니다.

작가는 마지막에 첫 문장을 쓴다!

이건 파스칼의 『팡세』에 나오는 말입니다만, 자못 의미심장한 바가 없지 않습니다. 작가는 글을 다 완성한 후에 첫 문장을 쓴다는 말일까? 혹은 첫 문장 쓸 자리를 남겨뒀다가 마지막에 쓴다는 말일까? 아닐 겁니다.

글 쓰는 사람들이 청춘 시절에 겪는 일 중 하나가 연애편지 대필입니다. 어떤 이들은 말하지요. 너는 글을 잘 쓰니까 대충 몇 자 휘갈겨 쓰면 되잖아. 그러는 분들은 사실관계를 거꾸로 이해한 분들입니다. 앞에서 뒤 문장이 들어설 자리를 만들어줘야 다음 문장이 들어올 수 있어요. 앞에서 틈을 만들어주지 않았는데 뒤에서 치고 들어오면 싸움이 일어나죠. 조직체가 파탄이 나서 뒤죽박죽 엉기면 좋은 세상(=소설)이 되기는 틀린 겁니다. 그래서 앞 문장이 어떤 자리를 만들어주느냐, 하는 것이 굉장히 중요한 문제가 됩니다. 여기에 대한 고민이 없는 사람은 글을 빨리 쓸 수는 있지만 훌륭하게 쓸 수는 없는 사람이에요. 그에게는 집필시간을 아무리 많이 줘도 그것을 소설의 강화에 사용할 줄 모릅니다. 작품은 독자적이고 유기적인 구조를 가지고 있는 생명체인지라 문자 언어로 뭔가 창조적 생산에 도전하겠다고 마음먹는 순간에 생겨나는 감수성에서 발생되는 자질이 있어요. 즉 앞 문장이 이끌어주지 않으면 뒤 문장이 치고 들어올 수 없다는 것이에요. 뒤에서부터 줄을 서기가 얼마나 어렵습니까? 이걸 전문용어로 말해서 '표현의 순차성'이라 해요.

이건 매우 중요한 문제이니 다시 예를 들어볼게요. 모국어로 된 작품 중에 조정래의 『태백산맥』만큼 많은 독자를 얻은 소설은 드물 거예요. 그 작품의 주인공이 누굴까요? 대학에서 강의를 하면서 아무리 물어도 정답을 들어본 경우가 없습니다. 『태백산맥』은 정하섭이 새벽 여명을 틈타서 마을로 내려오는 장면으로 시작됩니다. 마지막 장면은 그가 꿈꾸었던 의지가 실패로 돌아가자 이제 정반대로 어둠이 깔리기를 기다려 마을에서 산으로 올라가면서 끝나요. 그 기간이 얼마나 될까요? 제1부는 진행시간이 두 달 반, 제2부는 열 달, 제3부는 열한 달, 제4부는 2년여입니다. 전체를 합하면 5년인데, 1부에서 여순사건의 배경으로 해방정국과 미군정기를 다루니까 그 3년을 확대해서 포함시키면 8년입니다. 작가는 8년의 이야기를 16,500매로 쓴 거죠. 전 과정은 마치 하루에 벌어진 일처럼 새벽에 시작되어 밤에 끝납니다. 그것도 같은 장소를 한 번은 내려오고 한 번은 올라가는 것으로 봐서 작가는 구상 단계에서 시작과 끝을 이미 계획해두었음을 알 수 있어요.

마지막에 첫 문장을 썼다고 말하는 이유를 이제 알겠습니까? 그에 대한 보충설명을 작가의 말을 빌려 제시해보겠습니다.

나는 등단 전부터 소설이라는 것을 쓰면서 그 줄거리를 적거나, 구성 같은 것을 구체적으로 또는 단계적으로 정리하여 일일이 종이에 쓰는 일이 없었다. 파지 난 원고를 반으로 찢어 몇 자 적는 것이라고는 아직 확정되지 않는 제목과 주인공들의 이름이나 나이, 그것뿐이다.

다른 모든 것은 머릿속에 정리되어 담겨 있는 것이다.

-조정래, 「태백산맥 전10권 창작보고」

작가의 머리와 가슴 속에는 작품이 가득 들어있어요. 그중에서 가닥 하나를 잘 잡으면 뒤 문장이 줄지어 나오는데 그 가닥이 어디에 있는지는 찾기가 매우 어렵습니다. 바로 이 때문에 나오게 된 말이 '작가는 마지막에 첫 문장을 쓴다'예요.

이 대목에서 기왕이면 시 창작의 예도 하나 들어볼게요.

편의상 제 누나 얘기를 해야겠어요. 나이 차이가 나서 작은누나가 저를 업어서 길렀어요. 누나의 등을 어머니의 등으로 알고 컸으니 그에 대한 그리움이 각별하지 않을 리 없죠. 그래서 저는 학창시절에도 누나에 대한 그리움을 담은 노래를 좋아했습니다. 그중 하나가 이렇습니다. 어느 가을이었어요. 누나가 결혼을 합니다. 아버지도 눈물바람을 하죠. 그러나 각자 인생이 다르기 때문에 누나는 시집을 가고 남은 가족은 누나를 그리워하면서 살게 됩니다. 겨울이 됐어요. 눈이 펑펑 오니까 그 눈을 보면서 썰매를 타던 생각, 눈발 속에서 달려오던 생각 때문에 누나를 그리워합니다. 그리고 봄이 왔어요. 감나무에 싹이 돋고 감꽃이 피니 또 누나 생각이 납니다. 여름이 되자 해수욕장에서 또 누나 생각을 해요. 가을이 됐어요. 역시 누나 생각이 나지만 불행하게도 이제부터 오는 가을은 송두리째 누나의 것은 아니에요. 많은 가을 중에 어느 한 가을이 누나가 시집갔던 계절이거든요. 다시 오는 겨울도 마찬가지예요. 지난 겨울에도 누나가 없었잖아요. 그 많은 겨울들 속에 누나가 서 있지만 이제 누나가 없는 겨울도 내 안에 자리 잡게 됩니다. 봄이 되면 그 봄도, 이어서 여름도, 가을도 마찬가지입니다. 그렇게 누나가 없는 계절이 늘어서 내게 점점 익숙해지다 보면 거듭 다가오는 봄, 여름, 가을, 겨울을 통해서 누나 기억은 무의식의 저수지 속으로 묻혀 갑니다. 그렇게 해서 영영 멀어져버린 듯싶은 때가 오게 되는데, 중요한 것은 기억이 멀어진 것이지 없어진 것은 아니라는 사실입니다. 그래서 어느 가을을 맞았어요. 수업이 끝나서 가방을 내던지려고 대문을 박차고 들어가는데 갑자기 눈가에서 뭐가 어른댑니다. 눈길을 끈 게 무엇일까 하고 들여다보니 꽃이 피었어요. '어, 저게 유난히 마음을 설레게 하네.' 찬찬히 봐요. 과꽃이 가득 피었는데 그 속에 마치 누나가 서 있는 느낌이 들어요. 아, 갑자기 그리움이 솟구칩니다. 너무나 보고 싶어진 거예요. 이 감당할 수 없이 벅찬 그리움을 누구에게 말해야 알아들을까요? 아마도 홀로 견디는 수밖에는 없겠지요?

　자, 이런 상황을 시로 쓴다고 생각해 보죠. 방금 설명 드린 건 학교에서 배웠던 노래 〈과꽃〉의 상황입니다. 시인은 방금 제가 얘기한 내용을 가슴에 안고 있어요. 그것이 무르익기를 기다려 어떤 순서엔가 맞춰서 줄지어 나오도록 쏟아냈습니다. 성급한 사람들은 질서에 따르지 않으려 합니다. 가령, 이렇게 쓸 수도 있어요. "오, 과꽃. 저 꽃을 보면 나는 누나가 생각나." 그런데 〈과꽃〉이라는 노래를 지은 사람은 그렇지 않아요. 누나랑 있었던 수많은 사연들을 모두 사족이라고 생각하고 싹둑 잘랐습니다. 그 다음에 과꽃을 만나게 되는 경위도 생략했어요. 대문을 열고 들어가는 장면까지 떼어낸 다음에 첫 문장을 어디로 잡았느냐? 대문을 넘어섰다가 뭔가 어른거려서 쳐다봤던 것, 저게 왜 눈길을 끌까 하고 정면 포착을 하는 순간 파격적으로 눈에 안겨왔던 모양을 첫 문장으로 삼은 겁니다.

　올해도 과꽃이 피었습니다.

　과격한 표현이지요? 아니, 그럼 과꽃이 피지 않는 해도 있답니까? 너무 편하게 받아들여져 잘 못 느끼는 경우가 많지만 사실 이런 유형의 표현은 쉽게 얻어지는 게 아니에요. 언제나 피고 있던 과꽃이 올해도 피었다, 이게 왜 문제가 되느냐? 꽃밭 가득 예쁘게 피었기 때문이에요. 누나의 꽃인데, 누나가 과꽃을 좋아했어요. 얼마만큼? 꽃이 피면 꽃밭에서 살다시피 할 만큼. 여기서 생각할 것이 '작가는 마지막에 첫 문장을 쓴다.'예요. 내용 전체는 다 확보되어 있어서 많이 무르익자 줄지어 나오려 하는데, 실타래처럼 얼크러져서 어느 가닥을 잡아야 하는지 알 수 없습니다. 그러다 첫 문장을 찾아내면 주르륵 나와요.
　여기에서 매우 중요한 사실이 제기됩니다. 첫 문장을 잘 찾으면 형상이 줄지어 나온다고 했는데, 그 줄이라는 게 뭐냐 하는 거예요. 이제 이런 상황을 설명해 볼게요. 신춘문예에 투고한 이들이 흔히 의문을 품는 것 중 하나가 심사위원 몇 명이서 어떻게 그 짧은 시간에 많은 작품을 다 읽고 평가할 수 있느냐 하는 겁니다. 그 많은 작품을 아마도 다 읽을 순 없겠지요. 그렇다고 잘못될 확률은 높지 않을 겁니다. 예컨대 '느낌의 순차성'이라는 게 있어요. 더러 '생활논리적 순차성'이라고 표현하기도 합니다. '감동' 혹은 '느낌'은 마음의 상태인지라 모양이 없지요? 내 마음속에 들어 있는 건 모양이 없기 때문에 남에게 전달되기 어렵지요? 그래서 형상이 없는 것을 형상으로 만드는 것을 '형상화'라 합니다. 느낌의 순차성 혹은 생활논리적 순차성이라는 말은 형상화의 법칙이라는 말이에요. 예컨대, 맞춤법에는 맞을지언정 체험의 순서에 안 맞는 문장이 A4 용지 한 장 이상 진행되면 심사위원들이 원고를 가만히 덮습니다. 시문법, 혹은 소설문법을 모르는 글이기 때문이지요. 형상언어를 모르고는 살아 있는 성격을 그릴 수가 없어요. 투고자는 자신의 글을 마지막까지 읽지 않기 때문에 심사가 불공정하거나 잘못되었다고 말 할 수 있지만, 심사위원은 두 페이지만 읽고도 그것이 문학인가 아닌가를 판단하는 데 전혀 어려움을 느끼지 않습니다. 느낌의 순차성을 살리지 못하면 훌륭한 글일 수는 있지만 훌륭한 작품이 될 수는 없어요. 이것이 논술과 소설의 차이입니다.

다시 첫 문장 이야기로 돌아가 볼게요. 첫 문장은 느낌의 순차성이 시작되는 자리입니다. 운문을 예로 들어서 산문을 쓰는 분들은 답답할 수 있겠어요. 일단 '첫 문장은 신이 내린다'는 경구를 꼭 메모해 두고 설명을 이어가겠습니다.

첫 문장은 신이 내린다!

　첫 문장은 그냥 만들어지는 것도 아니고 억지로 되는 것도 아닙니다. 마치 파블로 네루다가 그것이 오는 때를 나는 알지 못한다고 말했던 것처럼 난데없이 오는 때가 많습니다. 하지만 그것을 잘못 잡으면 첫 단추를 잘못 꿰었을 때처럼 작품 전체가 어긋나고 맙니다. 그래서 강조하는 바, 소설 쓰는 사람들이 시집을 많이 읽어야 하는 이유 중 하나가 신이 내리는 말이 어떤 식으로 오는지를 알아야 하기 때문이에요. 소설가들이 제목과 첫 문장을 시집에서 얻는 경우가 많아요. 왜냐하면 서정적 환기력이 크지 않으면 이야기를 마지막까지 끌고 가기가 어렵기 때문이에요. 육상에서 릴레이 경기를 할 때도 첫 번째 주자가 중요하잖아요. 그래야 뒤에서 호흡을 놓치지 않고 따라올 수 있습니다.
　어떤 첫 문장은 청소년기에 읽은 게 40년이 지나도 잊히지 않아요. 예를 들어볼게요.

　　영달은 어디로 갈 것인가 궁리해 보면서 잠깐 서 있었다. 새벽의 겨울바람이 매섭게 불어왔다.

　이것은 황석영 「삼포 가는 길」의 첫머리입니다. 다음은 서정인 「정자 그늘」의 첫머리예요.

내가 그 영감태기를 처음 만난 것은 도리산 시민공원 중턱에 있는
정자에서였다.

이런 절창들 중에서도 저는 특히 조해일 「매일 죽는 사람」의 첫
문장이 주는 매혹을 지울 수 없어요.

일요일인데도, 그는 죽으러 나가려고 구두끈을 매고 있었다. 그의
손가락들은 조금씩 떨리고 있었다.

독자를 어떤 상황 속으로 끌어들이려는 선무공작인지 느낌이 옵
니까? 「매일 죽는 사람」의 내용은 이래요. 같으면 IMF 상황쯤 된달
까, 혹은 지금 같은 대량 청년 실업 상태, 이런 시대적 분위기에 던
져진 소설입니다. 청년 실업자가 사회적으로 큰 문제가 되었던 때
주인공은 영화 촬영장에서 단역 엑스트라 배우로 일하게 됐어요.
그래, 드라마 촬영장 같은 데 가서 매일 죽는 역할을 하는 겁니다.
주인공이 칼을 슥 휘두르고 지나가면 우수수 쓰러져 죽는 장면을
생각하면 돼요. 날마다 그거라도 해야 되는 이 인물이 '매일 죽는
사람'이지요. 첫 문장이 마지막 문장까지 시원하게 끌고 가는, 강한
창작적 동력을 주는 사례로 생각해 볼 만합니다.
　"첫 문장은 신이 내린다." "첫 문장은 과격해도 좋다." 이 두 가지
가 무르익는 단계에서 필요하다는 것을 기억해두었으면 합니다. 그
럼, 다음은 어떻게 할 것인가. 바로 이 단계에서 『삶은 어떻게 예술

이 되는가』가 강조하고자 하는 세 번째 비법이자 중요도에서 가장 으뜸이 되는 핵심 비법이 나옵니다. 얘길 하다 보니 제가 지금 약장사 흉내를 내고 있어요. 하지만 이걸 잘 지키면 평소에 쓰던 작품보다 훨씬 키가 큰, 두어 단계 높은 작품이 나올 게 틀림없습니다.

체험의 순서대로 표현하는 법

앞에서 '표현의 순차성'이라는 말을 썼죠? 순차성이라는 말은 순서예요. 느낌의 순서, 생활논리상 성립되는 장면 연결의 순서. 이걸 살려서 글을 쓴다는 것이 굉장히 중요합니다. 막심 고리키는 『나의 문학수업』이라는 책에서 "나는 모든 사물에 대해서 말할 때 반드시 이 방법으로 했다." 하고 이야기했습니다. 글 쓰는 사람들이 제일 많이 필요로 하는 훈련이에요. 이 훈련을 잘하려면 어떻게 할 필요가 있냐면 말을 잘하는 사람, 즉 '저 사람 웅변가는 아닌데 말을 상당히 감칠맛 나게 한다.' 하는 이야기꾼의 말을 녹음기로 채록할 필요가 있어요. 그걸 문장으로 풀어보면 글쓰기의 실제에 상당히 보탬이 될 겁니다. 훌륭한 작품을 필사하는 것은 바로 이것을 몸에 익히려는 가장 원시적인 방법의 하나입니다. 제가 생각할 때 필사보다 좋은 방법은 말을 기가 막히게 잘하는 사람, 논리력이 뛰어난 사람 말고 할머니들이 얘기하듯이 구변이 뛰어난 사람, 어머니들, 이모들이 부엌에서 말잔치를 벌이듯이 그렇게 재미나게 이야기를 하는 사람의 '표현의 순차성'을 익히는 것입니다. 대체적으로 정치인들의 웅변에서는 느낌의 순차성을 찾을 수 없는데 어디서 탁월하게 구현이 되고 있냐면, 약장사 굿을 하는 사람이에요. 그들은 대부분 느낌의 순차성을 탁월하게 살릴 줄 압니다. 그 못지않은 이들이 거리의 외판원(보따리장수)들이에요.

또 예를 들어볼게요. 제가 청년이었을 때, 1980년대라는 게 유독 이런저런 수련회들이 많았습니다. 그럼 술도 많이 마시고 이야기도 많이 하죠. 대성리 강가에서 1박 2일 동안 회의하고 술 마시고 떠들고 나면 돌아올 때 거의 파김치가 돼요. 토요일 오후에 출발해서 밤새우고 일요일 점심때가 지나서 청량리역에 도착하면 다들 우스갯소리로 하는 말이 있어요. "외항선에서 막 내린 사람들처럼 흩어지자." 외항선은 먼바다로 짐을 싣고 항해하는 배잖아요. 좁은 배 안에서 반년이고 1년이고 본 사람 또 보고, 또 보고, 그러다보면 서로 발바닥까지 알게 됩니다. 가슴의 밑바닥까지 들여다본 사람들끼리 정말 지겹도록 마주하고 살았으니, 이제 배에서 내리면 유감없이 흩어지자는 뜻이에요. 마치 군복무를 다하고 제대하는 사람처럼, 처음에는 어디에서 군복 벗고 자유로운 기분으로 한 잔 마시자고 해놓고는 막상 기차에서 내리면 어떻게 됩니까? 그런 약속을 언제 했느냐는 듯이 뿔뿔이 흩어져버립니다. 그날도 다 지쳐서 아무도 말도 하기 싫어요. 빨리 지하철 타고 집에 가야지 하고 전철역에 들어갔는데, 난데없이 보따리장수 한 사람이 여보쇼, 여보쇼 하면서 뛰어왔어요. 손에 들고 있는 것이 조그만 장난감이에요. 들여다

보니 손바닥만 한 자동차입니다. 그걸 치켜들고 하는 말이 "아저씨, 큰일 나부렸소. 큰일 나부러." 하는 게 전라도 사투리예요. "이 작은 것 하나가 글쎄 일곱 가지 일을 해분단 말이요. 앞으로 갔다가 뒤로 가지, 엎어지면 일어나지." 작은 자동차 장난감의 일곱 가지 기능을 순서대로 주르륵 늘어놓는데 얘기가 굉장히 재밌어요. "이거 하나 들고 가면 큰 조카 작은 조카 싸우고 난리 나부러요, 즈그 아버지 매 들고 때리고, 그래도 요걸 사다 준 삼촌이 뭔 잘못이요?" 이렇게 생활 속의 장면들을 골라서 그 작은 물건이 만들어 낼 수 있는 변화를 눈앞에 그려주는 거예요. 결혼도 안 했고, 장난감을 가지고 놀 수 있는 가족도 없는 남자 7, 8명에게 그 장난감을 무려 세 개나 팔았어요. 대부분 아버지가 아니지만 한 발짝만 건너뛰면 삼촌이기는 하거든요.

문학에서 사용되는 비밀병기가 이렇게 생활 속에 들어있어요. 〈생활의 달인〉에서 아직 언어의 달인은 소개되지 않았지요? 나는 꽤 오래전에 텔레비전을 통해서 언어의 달인을 본 적이 있습니다. 중소기업을 하다 부도를 맞아서 길가에 나앉은 사장이었는데, 그 사람이 맨손으로 시작한 게 무엇이었는가 하면 부엌에서 쓰는 식칼 장수를 했어요. 처음에는 명동에서 가판을 펼쳐놓고 단속에 쫓기면서 장사를 했대요. 안타깝게도 나는 글쟁이면서 그이가 늘어놓던 언어의 성찬들을 복구할 수 없습니다. 며느리가 시집을 갔는데, 칼은 무디고 시어머니는 옆에서 잔소리를 하는 풍경을 펼치면서 "김밥 옆구리 툭툭 터지는 소리 말아요."를 실감 나게 중계했던 기억이 납니다. 칼이 잘 안 들거나 칼이 안 좋았을 때 발생되는 일화들을 그렇게 실감 나게 재현하는 언어의 성찬을 처음 봤어요. 계속해서 칼질을 하면서 펼쳐내는 이야기들이 너무 재미있어서 사람들이 모여들어 발길을 돌리지 못하고 듣고 있어요. 그러다 보면 필연적으로 하나씩 사게 되어 있습니다. 그리하여 회사를 경영할 때 직원들과 함께 벌던 액수를 거리에서 혼자 벌었다고 해요. 그에게서도, 첫 문장은 과격하고 신이 내린 것처럼 시작하여 점차 생활논리적 순차성을 살려서 사람들을 끌어당기는 언어의 마법과 첫 문장이 뒤 문장들을 점차 에스컬레이터처럼 끌어올려 차곡차곡 상승하는 언어의 진경을 볼 수 있었어요. 문학적 글쓰기의 최대 비법인 '먼저 느낀 것에서 나중에 느낀 것으로' 문장을 쌓아가는 요령은 이렇게 실제 생활 속에 감춰져 있습니다.

이렇게, 글쓰기로 실감을 안기려면 어떻게 해야 하는지 우리는 늘 고민해야 합니다. A4 용지 두 장이 넘어가도록 느낌의 순차성이 살아나지 않는 글을 어떻게 읽을 수 있겠습니까? 정말 꼭 필요한 지식정보가 들어있지도 않은 글이 순차성까지 무시하고 있으면 독자는 도저히 견딜 수가 없습니다. 사실 중요한 지식정보를 전달하는 논리 자체도 표현의 순차성 때문에 생겨나는 거예요. 먼저 인식되는 것에서 나중에 인식되는 것으로, 낮은 차원의 인식에서 높은 차원의 인식으로 발전시켜 가는 것을 논리력이라고 합니다. 느낌의 순차성, 인식의 순차성, 먼저 보고 듣고 느낀 것에서 나중에 보고 듣고 느낀 것으로 물이 흐르듯이 장면이 연결되면 대부분 젖어 들어가 몰입하게 되어있어요. 이건 중요한 문제니까 이 기회에 아주 똑 떨어지게 이해가 되도록 좀 더 살펴봅시다.

자, 이렇게 말하는 사람이 있다고 쳐요.

나는 어제 늦게 들어가서 오늘 아침에 늦잠을 잤어. 그리고 오다가 돌멩이를 발로 찼더니 발이 아파. 지금 상처 입었어.

틀린 얘기는 아니죠? 하지만 이게 비(非)문학적인 언어 사용이에요. 사유 형식이 개념적인 진행입니다. 방금 말 속에는 어떤 함정이 내재돼 있냐면, '왜 돌멩이를 발로 찹니까? 돌멩이를 발로 걷어차면서 지나가면 다치게 되어 있는데 사람이 우둔하게 왜 그런 일을 하죠?' 같은 의문의 여지가 도사려 있어요. 그렇다면 현실 속에서 발을 돌멩이에 찧어서 다치는 사람은 없습니까? 무수히 많잖아요. 고로 전자는 후자를 설명하는 데 부적절한 경우에 속하는 거예요. 이제 달리 말하는 예를 들어볼게요.

어제 헤어진 게 몇 시였지? 12시 10분 전이었잖아. 마구 달렸지. 지하철에 겨우 올랐어. 그런데 앞자리에 눈에 익은 얼굴이 하나 있는 거야. 가만히 보니 초등학교 동창이네. 20년 만이야. 그래서 오늘 아침 10시에 만나기로 하고 헤어졌는데 눈떠보니까 9시 50분이야. 머리를 감는 둥 마는 둥, 옷을 입는 둥 마는 둥 뛰었지. 한참 달려가는데, 아이고! 발이 따끔해. 손으로 만져보니 뭐가 흥건하더라고. 돌아다봤더니 돌멩이가 뾰족하게 솟구쳐 있는데 거기에 뭐가 묻어 있어. 가만히 들여다보니 살점이지 뭐야. 내가 전속력으로 달리다가 채이고 만 거지.

문장 하나하나가 느낌의 순서대로 펼쳐져 있어요. 우리가 소위 '묘사'라고 부르는 형상화가 이것을 통해 가능해집니다. 예를 또 들어볼게요.

내가 길을 걷고 있을 때 순이가 등을 툭툭 쳐서 돌아다보았다.

이 문장이 맞습니까? 맞춤법 상으로 보아서는 맞습니다. 그런데 현실 속에서는 이런 일이 일어나지 않아요. 길을 걷고 있는데 뒤에서 뭐가 툭툭 쳤어요. 그게 순이인지 돌이인지 짐꾼이 들고 가던 물건이었는지 어떻게 압니까?

내가 길을 걷고 있을 때 뭔가 등짝을 툭툭 건드렸다. 뒤를 돌아다보니 순이였다.

이렇게 말해야 순서가 맞죠.

그 순간, 놈이 쇠파이프를 내리쳤다. 나는 피를 흘리며 쓰러졌다. 윽! 내 입에서 단말마와 같은 비명이 터져 나왔다.

이런 문장들이 맞춤법 상으로는 맞지만 소설에서는 틀린 문장이라는 겁니다. 이렇게 틀린 문장이 A4 용지 한 장을 메우고 뒷장까지 이어지는데, 심사위원이 무슨 재주로 읽습니까? 독자도 이런 문장을 읽으려면 걸리는 곳이 많아서 사유를 이어갈 수가 없어요. 놈이 쇠파이프로 내리치면 나는 맞아야 하는 걸까? 피를 흘리며 쓰러져서도 비명을 지르지 않는 수는 없을까? 누군가 내리친 쇠파이프를 맞고 다친 사람이 없지 않지만 독자는 그에 대한 실감을 확보할 수가 없어요.

발놀림이 예사가 아니었다. 나는 잔뜩 긴장해서 어느 발가락에 힘이 들어가는지를 놓치지 않았다. 엄지발가락에 힘이 들어가면 뒤차기가 나올 것이고 새끼발가락에 힘이 담기면 돌려차기가 나올 것이다. 가운데 발가락에 힘이 들어갔다고 느끼는 순간, 윽! 내 입에서 뜨거운 덩어리 하나가 튕겨나갔다. 왼쪽 어깨에 둔중한 무게감이 느껴졌다. 손으로 만져보니 등짝이 흥건했다. 그리고 통증이 쑤셔오기 시작했다.

즉흥적으로 지어낸 말이라 좀 투박하지요? 하지만 느낌의 순차성이 무엇인지는 알 수 있으리라 봐요. 이걸 생활논리적 순차성이라고 합니다. 그리고 이런 순차성을 지키는 표현을 통해서만 살아 있는 인간의 성격이 부여됩니다. 그럼 생활논리적 순차성에 맞게 표현하는 것을 형상화라고 말하고 거기에 필요한 기술을 '묘사'라고 해도 되겠죠?

여기에서 또 의문을 갖는 장르가 있을 거예요. 방금 예로 든 건 이야기이고 노래는 사정이 다르지 않느냐 하는 겁니다. 예컨대 시적 표현은 다르다는 거죠. 한데, 그건 그렇지 않아요. 조금 전에 제가 예를 들었던 〈과꽃〉이라는 노래 가사도 이 순차성을 밟습니다. 시는 느낌의 순차성이 없을 것 같지만 거기에서도 정교하게 순차성이 지켜집니다. 1980년대를 풍미했던 시인 김남주는 산문가들도 따라 배울 만한 전범처럼 보이는데 일단 몇 줄 읽어볼게요.

이걸 보세요 어머니
식구통이라고 하는 구멍이랍니다
아이들 머리통만 하지요 밖에서
이 구멍으로 밥을 넣어 준답니다 조막만한 콩밥을
이걸 보세요 어머니
감시통이라고 하는 구멍이랍니다
밖에서 열렸다 닫았다 하게 되어 있는데
안에서 무얼 하고 있나 하고 엿보는 구멍이랍니다
가령 내가 좀 누워 있기라도 하면
어느새 그걸 알았는지 철문을 통통 두드리며 일어나라 그러고
가령 내가 담요라도 한 장 깔고 앉아 있으면 그 담요 치우라 그러고
가령 내가 옆방과 통방하면 못하게 하는 구멍이랍니다
통방이 무엇이냐고요 처음 듣는 말이겠지요 어머니는
이곳에서는 사람과 사람이 인간의 목소리로

말이란 것을 주고 받는 것이 금지되어 있는데 그것을 어기고

우리가 인간의 목소리로 몰래 몰래 말을 주고받거나

똑 똑똑 똑똑똑 벽을 두드려 아침 저녁으로

잘 잤소 잘 자소 서로의 안녕을 확인하거나 하는 것을

이곳 문자로 소위 통방한다고 그런답니다

어머니 이쪽으로 와 보세요

여기가 오줌도 싸고 똥도 누는 변소랍니다

바로 코 앞에서 고약한 냄새가 코를 찌르기는 하지만

그래도 이곳은 내가 유일하게 하늘을 볼 수 있는 곳이랍니다

어머니 여기를 찬찬히 보세요

보자기만한 철판에 수없이 뚫어져 있는 이 바늘구멍만한 구멍을

이 구멍으로 어쩌다 운수 좋은 날이면 파란 하늘을 보게 되는데

그런 날이면 어머니 얼마나 행복한지 모른답니다

고향의 하늘을 본 것 같기도 하고 날아가는 새라도 보게 되는 날이면

어머니 나는 기쁨에 숨이 막힐 지경이랍니다

그런데 어머니 이 행복 이 기쁨마저도

앗아가 버렸답니다 방이 어두워서

도저히 책을 볼 수가 없으니 전등 촉수를 30촉으로 해달라고

순시 나온 높은 양반한테 부탁한 것이 탈이었지요

여기가 무슨 독서실인 줄 아느냐며 다음 날

판자를 붙여 바늘구멍만한 하늘까지 막아 버렸으니까요

아마 내 처지에 그런 부탁은 건방지다 싶었겠지요

-김남주 「어머님에게」 일부

　김남주는 바로 이 '표현의 순차성'을 살리는 능력으로 그간 문학에 접근해오지 못하던 수많은 민중에게 시의 즐거움을 선사할 수 있었습니다. 생활논리적 순차성을 살리는 모범으로 생각해도 될 거예요. 그걸 지키지 못하면 영상 조립이 잘 안 되어서 글의 앞뒤가 마구 엉키게 돼요. 당연히 시의 본질이라 할 운율과 가락도 맞추기 어려워집니다.

　이제 표현의 순차성 문제는 완벽히 이해가 됐죠? 그렇다면 그 다음에 제기되는 문제를 이야기할게요. 이걸 창작 실제 상 생활논리적 순차성의 다음 단계라 생각해도 될 것 같습니다.

　자, 이제 이런 의문을 만날 수 있어요. 작품을 쓰기 좋은 씨앗을 뿌려서 무르익은 끝에 만족스러운 첫 문장을 얻었습니다. 생활논리적 순차성을 따라 풀어나가다 보니 거의 명작이 될 느낌이 들어요. 써보신 분은 알겠지만 이럴 때 창작의 기쁨은 터질 것 같은 희열의 상태에 이릅니다. 그렇게 순항하고 있었는데, 세상의 모든 일이 그렇듯이 글쓰기에도 반드시 우여곡절이 생깁니다. 내용이 다소 복잡해지는 지점을 통과하며 빼곡한 서사의 숲을 야심 차게 헤치고 들어가기 시작했는데, 열심히 가다 보니 조금씩 이상해져요. 끝날 듯한 골목길이 아무리 꺾어 들어가도 또 나오는 것처럼 계속되다가 이내 어디쯤을 걷고 있는지 감을 잃어서 재미도 없고, 신명이 돋질 않아요. 그래서 지지부진하던 끝에 마침내는 미궁에 빠지고 맙니다. 이걸 어떻게 벗어날 수 있을까? 낑낑대다 보니 지치고 지쳐서 마침내는, 엉터리가 되어도 좋다, 제발 마침표나 찍어봤으면, 하는 지점에 이르는 겁니다. 실패하더라도 온전하게나 실패해보게 마침 표를 찍을 수 있으면 좋으련만 그조차도 되지 않아서 다음 작품을 못 씁니다. 대부분의 작가들이 이런 머리 아픈 미완성 작품을 몇 개 씩 가지고 있어요. 어떤 것은 그러다가 몇 년이 지난 후에 천연덕스 럽게 풀리기도 합니다.

이때 반드시 생각해야 할 것이 있습니다. 창작 출발에서 완료까 지 첫발을 떼는 지점부터 마지막 마침표를 찍는 지점까지 생각해 야 하는 것 중 한 가지가 줄거리를 끝내는 것이 목적이 되어서는 안 된다는 겁니다. 그러려면 주봉을 놓치지 말아야 해요. 산에 갈 때 맨 처음에 오르려고 했던 봉우리가 있어요. 글쓰기에서도 이게 중 요한데 아마 현실의 모든 일에서 상관되는 일이 아닌가 싶어요. 앞 만 보고 오르려고 한 곳만 올라가선 곤란합니다. 그러면 정상에 도 달할 수가 없어요. 때로는 정상에 오르기 위해서 그것을 등지고 기 슭으로 내려가야 합니다. 때로는 정상이 왼쪽에 있는데 오른쪽으 로 빠져야 할 때도 있어요. 시와 소설을 쓰면서 정말로 황당하게, 애오라지 시간 진행대로만 이야기를 나열해가면 나중에는 읽는 사 람이 도저히 읽을 수 없는 상황이 되죠. 인간의 체험 과정은 시간 순서대로 화살표 방향으로만 스토리를 진행해 갈 수 없게 되어 있어요. 때로는 산길을 오르듯이 정상을 눈앞에 두고 에돌아야 하고, 잠깐 쉬었다가 다른 맥락을 잡아서 다시 이야기를 해 와야 삶의 이야기가 연결됩니다. 앞으로 갔다, 뒤로 갔다, 기슭으로 갔다, 등성이로 갔다 하는 과정을 수없이 거쳐야 하나의 작품을 끝낼 수 있어요. 그럴 때 반드시 머릿속에 담아둬야 할 것이 목적지를 놓치지 않는 거예요. 주봉을 놓치게 되면 기슭으로 내려갈 때, 혹은 등성이를 돌아갈 때, 잠시 방황하다 곧장 어느 길이 갈 길인지 알 수 없게 됩니다.

대체적으로 작품을 쓰다보면 시작하기 전에 꿈꾸고 구상했던 것보다 더 좋은 길을 발견하거나 새로운 흥밋거리를 만나기 때문에 그쪽으로 빠져나가는 경우가 생겨요. 이를 샛길로 샌다고 말할 수 있겠지요. 하지만 그게 더욱 좋아보여 거기서 노선을 바꾸는 경우도 생깁니다. 그러나 그랬을 때는 대부분 작품 전체의 구조, 즉 구성의 파탄을 맞을 수 있기 때문에 그에 대한 방비가 필요합니다. 이를 제가 '주봉을 놓쳐선 안 된다.' 라고 표현한 거예요. 특히 장편에서 주봉을 놓치면 어떤 현상이 생기는가 하면 나중에 등장인물이나 주요 사건을 감당할 수 없게 됩니다. 그럼 어떻게 되느냐, 전쟁이 일어나서 파탄 나거나, 전염병이 돌아서 죽거나, 이사를 가서 무대를 바꾸는 일이 생기게 됩니다. 박경리의 『토지』가, 구상할 때는 중편이었다가 점점 늘어서 세 권까지 생각했다가 나중에는 지금 우리가 알고 있는 것처럼 길어졌어요. 이 과정에서 앞쪽 작품들이 거두고 있는 훌륭한 성취들이 뒤쪽에 없다고 지적하는 사람들이 많습니다. 1권, 2권이 명편이라는 거죠. 그렇다면 『토지』도 대하소설로서는 주봉을 놓쳤던 사례에 속하는 게 아닌가 합니다. 자, 이 문제를 어떻게 할까요?

이정표 만들기

혹시 뱀꾼이 뱀 잡는 이야기 들어본 적 있습니까? 산에 망을 친다고 합니다. 그럼 뱀이 기어가다가 앞이 가로막히면 돌아 나오면 되는데, 뱀은 망이 가로막은 자리에서 더 이상 가지 못하고 가만히 고개를 숙이고 있다고 해요. 서사는 이 뱀을 닮으면 안 됩니다. 앞으로만 가는 것은 서사가 아니에요. 주봉을 놓치는 것은 서술자가 마치 닭처럼 코앞만 보고 덤벼들 때 생기는 현상입니다. 당장 코앞에 맞닥뜨린 일만 해가다보면 금방 내가 왜 이렇게 와버렸는지 알 수 없게 돼요.

주봉을 놓치는 건 작가만이 아닙니다. 독자도 주봉을 놓치는 예가 많아요. 저는 시골 장터 출신입니다만 외갓집에 가면 대나무밭이 있어요. 대밭에는 탐나는 게 많지요. 대가 예쁘기도 하고 쓸 것도 많잖아요. 그 생각만 하고 대밭으로 한참 들어가다 보면 길을 잃어버립니다. 고개를 들어보면 하늘도 안보여요. 동서남북 전부 대밭입니다. 돌아갈 길도 못 찾아요. 이렇게 대밭에 빠지는 것처럼 난감한 일도 없습니다. 창작을 하다보면 누구나 대밭에 빠지는 상황에 놓입니다. 이 이야기는 중요하기 때문에, 또 이걸 그려야 하기 때문에 끙끙대며 열심히 하다보면 대밭 한가운데에 빠져서 동서남북도 알아볼 수 없어요. 내가 왜 여기에 왔는지, 어느 쪽에서 왔는지를 놓치지 않으면 다시 길을 찾아서 돌아갈 수 있어요.

여기서 길을 잃는 것에 대해 생각해 볼까요? 발길을 잃는 것, 생각의 길(방법)을 잃는 것, 마음의 길(道)을 잃는 것을 모두 길을 잃는다고 하지요? 그때 필요한 것이 이정표입니다. 어쩌면 세 가지 다 이정표를 필요로 할 거예요. 여기에 하나를 더 추가해서 서사의 길을 잃지 않도록 세우는 이정표도 있습니다. 예를 들어볼게요. 우리가 학교에 다닐 때 국어책에서 '큰 바위 얼굴'을 읽은 기억이 나는데요, 큰 바위 얼굴이 있는 곳에서 자란 사람의 고향이라는 것과 그런 게 없는 곳에서 자란 사람의 고향은 다릅니다. 고향을 상징하는 정서적 등가물이 있어야 고향 추억에도 주봉이 있게 되고, 그래야 마음도 추억의 길을 잃지 않거든요. 군대에 다녀온 사람은 은폐, 엄폐에 대해서 잘 알 거예요. 은폐는 보이지 않게 숨는 것이고 엄폐는 무엇인가의 뒤로 몸을 감추는 것이거든요. 이때 은폐, 엄폐를 잘하기 위해서 필요한 것이 무엇이냐면 현저한 지형지물을 포착하는 일입니다. 은폐, 엄폐한 적을 찾아내는 사람은 그걸 위해서, 또 적으로부터 피하기 위해 은폐, 엄폐를 해야 하는 사람은 그걸 위해서 현저한 지형지물을 살펴야 합니다. 왜냐하면 인간의 시야 안에 현저하게 눈에 띄는 게 있으면 인지능력이 엄청나게 향상됩니다. 가령,

전방에 뾰족한 바위가 있어요. 두드러지게 눈에 띄죠. 그럼 근처에서 모습을 슬쩍 드러냈다가 감춰도 대부분 쉽게 찾아냅니다. 그런데 그런 현저한 것이 아무것도 없어요. 다 똑같고, 고만고만하게 생긴 것 속에서 나타났다 없어지면 찾아내기가 아주 어렵습니다. 이를 가리키는 속담이 '솔밭에서 바늘 찾기'이죠. 은폐, 엄폐 하려는 사람은 현저한 지형지물을 피해야 합니다. 은폐, 엄폐한 사람을 찾아내야 하는 사람은 현저한 지형지물을 포착해야 해요. 이게 주봉을 놓치지 않는 방법입니다. 그것으로부터 오른쪽으로, 군대에서 사용하는 용어로는 정확히 아홉시 방향, 혹은 두시 방향. 이렇게 상징물이자 정서적 등가물을 두면 그것을 통해서, 그것이 주봉을 형성하게 되고 이 주봉을 놓치지 않음으로 인해서 읽는 자도 안 놓치고 쓰는 자도 안 놓치는 현상이 생겨납니다.

작품의 예를 들게요. 위기철의 『아홉 살 인생』을 소설로도 보고 만화로도 봤는데, 굉장히 잘된 소설입니다. 저는 위기철의 글을 좋아해서 어떤 때는 아깝게 느껴질 때가 있어요. 사실 저는 『아홉 살 인생』이 『나의 라임오렌지나무』보다 더 좋은데, 글 쓰는 자의 입장에서 보았을 때 한 가지 결여된 게 있어요. 『나의 라임오렌지나무』에는 나의 것으로서의 '라임오렌지나무'가 있어요. 예컨대 주봉을 상징하는 정서적 등가물이 있다는 얘기입니다. 『양철북』을 생각해 보십시오. 양철북이라는 사물 자체가 소설 안에서 무슨 역할을 합니까? 안 보신 분들은 영화로 보시면 될 텐데, 사물로서의 양철북은 귄터 그라스의 서사에서 아무짝에도 쓸모없는 소도구에 불과해요. 그러나 양철북 때문에 이 작품은 주봉을 잃지 않아요. 주인공이 들고 있는 사물이잖아요. 주인공은 미숙아입니다. 나치가 천하를 장악하고 있던 비정상적인 상황 속에서 성장이 멎어버린 인간이에요. 이렇게 성장이 멎은 자가 나치 문제가 해결되고 나니까 갑자기 쑥 커버립니다. 그가 가지고 있었던 삶의 표현의 도구가 양철북이에요. 한국에서도 조세희의 『난장이가 쏘아올린 작은 공』 같은 소설을 떠올려볼 수 있어요. 그 소설이 등장하기 전 우리에게 난장이는 무엇이었습니까? 그런데 1980년대, 1990년대에 이르면 논문에서도 "1970년대는 난장이들의 시대였다."는 표현이 가능해집니다. 인격과 인권과 인간의 가치를 사회적으로 인정받지 못하는 약자들을 표상하는 낱말이 되죠. 그 약자들이 그러나 사실은 우리 사회의 중요한 생산력으로 기능했고, 사회적 재부를 창조한 주역이었어요. 조세희의 『난장이가 쏘아올린 작은 공』은 이 같은 정서적 등가물을 띄워서 1970년대 현실을 사회적 인식의 지평 위로 드러내요.

양철북, 난장이, 라임오렌지나무. 이것들이 어떤 역할을 했는지 알겠지요? 글쓰기는 줄거리를 끝내는 것이 목적이어서는 곤란하기 때문에 이게 주봉의 문제를 극복하기 위해 사용되기도 하지만 사실 작품에서 굉장히 중요한 미학적 무늬를 좌우하기도 합니다. 그래서 작가들이 주봉을 상징할 수 있는 무엇인가를 찾아내기 위해서 계속 고민해요. 등장인물의 성격이 확보되고 서사적 구상이 완료되어 있어도 정서적 등가물을 찾아내기 전에는 첫 문장을 확정 짓지 못하는 경우가 많습니다. 주봉을 상징할 수 있는 것, 주봉을 놓치지 않기 위해 필요한 정서적 등가물을 찾아내면 이제 술술 풀리기 시작하죠. 반면에, 그것을 잘못 찾으면 주제를 약화시키기도 합니다. 예컨대, 〈웰컴 투 동막골〉이라는 영화에 백치 소녀가 나오죠. 한없이 순수하고, 아름답고, 맑은 영혼을 가지고 있는데 세상 물정을 모릅니다. 이데올로기로 가득 찬 존재들의 '군복'과 대칭점에 놓여야 할 존재인데, 영화에서 그 소녀를 부각시키기 위해 사용된 정서적 등가물이 '나비'예요. 제 생각에 그것은 조세희의 난장이나 라임오렌지나무에 비추어 약간 어색한 바가 없지 않습니다. 개인적으로 〈웰컴 투 동막골〉을 우리나라 걸작 10선에 꼽고 싶은데 그 작품의 정서적 등가물로서의 나비 형상은 이야기의 질을 갑자기 동화적인 차원으로 끌어내립니다. 이 말은 동화여서 장르의 수준이 낮다는 말이 절대 아니고, 그 작품이 유지하고 있는 긴장의 깊이와 사회의식의 심화 수준에 비추어 상징의 무게를 조금 떨어뜨렸다고 보이는 거예요. 정서의 색채가 앞에서는 어른의 것이었는데, 그 대목에서 갑자기 아이들의 것 같이 되었다는 거죠. 그렇게 되면 창조자 쪽이나 수용자 쪽에서 주봉을 강화하는 데는 크게 보탬이 되지 않아요.

이제 마침표를 어디에서 찍을 것인가, 하는 지점에 왔습니다.

창작 출발에서 완료까지 이야기를 하다보면 우스울 때가 있어요. 왜 저런 이야기가 필요할까? 그런 느낌이 부분들 말이에요. 작품의 마침표를 어디에서 찍어야 하는가 하는 문제도 그래요. 당연히 끝나는 데서 찍어야지요. 이렇게 지당한 걸 왜 고민해야 하느냐? 사실은 이야기가 어디에서 끝나야 하는지를 찾는 게 쉽지 않기 때문이에요. 마침표를 찍어야 할 자리를 찾는 것도 굉장히 어렵습니다. 글 쓰는 데 소요되는 시간을 양을 중심으로 해서 분류해본다면, 앞에서 말씀드렸듯이 실질적으로 연필을 들고 혹은 자판을 두드려서, 문자로 노동을 하는 것은 제 생각에 그 앞 단계, 첫 문장을 찾아낼 때까지 쏟았던 열정과 노고, 시간에 비추면 몇 분의 일도 안 됩니다. 산술적으로 조합하기 어렵지만, 한 작품을 쓰는 데 한 달쯤 걸린다고 합시다. 그러면 최하 십 일은 자판을 두들기기 전에 다 흘러갑니다. 제가 생각할 때 한 이 주 정도가 흘러가는 것 같아요. 그러고 나면 일주일 정도가 형상화하는 데 사용됩니다. 그러면 삼 주밖에 안 걸리잖아요. 나머지는 어떤 시간이냐? 고치는 시간이에요. 자기가 천재인듯 갑자기 써버렸다는 사람도 있는데, 좀 따분한 이야기입니다. 미용사도 머리를 자르면 예쁘게 감기고 나서 반드시 뒷손질을 해줍니다. 문자로 형상화된 세상을 만들어 내놓으면서 뒷손질도 안 한단 말입니까?

다음은 탄생의 희열에 대한 고은 시인의 발언입니다.

알을 낳은 새는 한동안 울지 않는다. 우는 일조차 부질없을 만큼 실로 완벽한 자기실현을 마쳤기 때문이다. 어머니라는 한자 母는 여자가 두 개의 젖을 가진 것으로 형상화되었다. 사실 여성의 유방이란 성적인 장치 그 이상으로 양육의 절대 장치이다. 어머니 없이는 이 세계의 생명체가 출현할 수 없다는 것은 그렇다 치고 새끼는 어머니의 젖 없이는 생존할 수 없다.

알을 낳은 새가 한동안 우는 일조차 부질없게 느껴지는 상태에 처한다는 말은 창작 완료의 순간을 참으로 실감 나게 은유하는 것처럼 느껴집니다. 그러나 그것은 바로 이어서 양육의 절대장치가 필요함을 실감시키기도 하네요. 그 단계에서 생각할 문제가 있어요. 출산은 탄생의 순간으로 끝나는 게 아닙니다.

하나의 작품에 마침표를 찍으려면 어떤 상태가 되어야 하느냐면, 더 이상 손을 대면 훼손이 시작된다, 하는 느낌이 드는 지점까지 퇴고를 한 상태여야 해요. 계속 고쳐도 아직 훼손되는 정도에 이르지 않았으면 작품이 더 좋아지고 있는 중이거든요. 그때는 손을 떼면 안 되겠죠? 작가는 잘 못 느끼는 수가 있습니다. 자기 작품에 너무나 깊이 빠져 있었기 때문에 객관적 거리 유지가 안 되는 거죠. 그래서 가끔 한쪽에 던져 놨다가 다른 일을 한참 해본 후에 검토하기도 합니다. 객관적 거리를 얻으려고 그러는 거예요. 그래서 다시 점검할 때도 어떻게 하는 게 좋은가 하면, 창작 출발에서 완료까지의 과정을 눈 감고 머릿속으로 다시 밟아보는 거예요. 현실로부터 출발해서, 작품의 글감이 좋았는가, 그래서 괜찮은 것 같으면, 충분히 무르익었던가? 어색한 부분이 생기지는 않았는가? 그랬으면 또 내부를 뒤져요. 약간 의학적으로 생각할 필요가 있어요. 불안하면 다시 인큐베이터에 넣어야 합니다. 무르익지 않았으면 다시 무르익도록 분위기를 잡는 거예요. 작가들이 이럴 때 담배를 많이 피우죠.

계속 생각을 집중해야 하기 때문에, 그러면서 암산을 하듯 머릿속으로 계산하는 거예요. 그러다 보니 이 부분은 불필요했던 것 같다, 그럼 털어내야 합니다. 그런데 부족한 부분을 채우는 것보다 불필요한 부분을 빼는 것이 훨씬 어려워요. 글쓰기는 덧셈보다 뺄셈이 더 어려운 일입니다.

이제 마지막 점검할 때를 위해 한마디 조언할까 합니다.

인간의 신체라는 것이 오묘해서 손가락도 자세히 들여다보면 얼마나 예쁩니까? 열 손가락이 다 소중하잖아요. 깨물어서 안 아픈 손가락이 없다고 하지요? 이렇게 소중한 손가락인데 하나가 더 달리면 미적 균형이 심하게 파괴돼요. 이게 생명체의 비밀이에요. 꼭 필요해서 하나가 남으면 더 좋을 것 같지만 인체에서는 그렇지 않습니다. 자동차에서 스페어 바퀴 하나가 더 달리는 건 좋을 수 있지만, 생명체에게 손가락 하나가 더 있는 건 굉장한 불균형을 안겨줍니다. 그래서 불필요한 것들을 수술하는 예가 많은데 그게 생각처럼 쉽지 않아요. 잘못 건드리면 절창이 날아가는 경우가 허다합니다. 작품 안에서 그 대목이 제일 좋았는데 하필 버린다고 버린 것이 그 대목을 날려버리는 경우가 많아요. 그래서 뺄셈을 할 때 신중해야 하기 때문에 자기가 쓴 글을 계속해서 읽고 생각해보고 다시 판단해보고 잘랐다가 붙여봤다가 합니다. 그 목적지가 어디여야 할까요?

작품의 마지막 상태를 염원하기에 적당한 낱말이 하나 있어요. 천의무봉(天衣無縫)입니다. 하늘이 내리는 옷은 꿰맨 흔적이 없습니다. 「나무꾼과 선녀」에서 선녀의 옷을 나무꾼이 감췄잖아요. 그 옷에는 바느질한 흔적이 없어요. 처음부터 그렇게 만들어져서 태어난 것이지 쪼가리를 맞춰서 연결한 것이 아닙니다. 이게 생명체의 특징입니다. 우리의 신체 어디를 봐도, 넌 발가락이 왜 이렇게 못 생겼어, 하고 흉을 봐도 거기에 꿰맨 흔적이 있습니까? 아무리 예쁜 발가락 손가락 코 귀를 다 모아놔도 꿰맨 흔적이 있는 것이 아름다울 수 있습니까? 예술일 수 있습니까? 이게 예술이 가지고 있는 비밀 중의 하나입니다. 하늘이 내린다. 하늘이 만든 옷처럼, 꿰맨 흔적이 없게, 아무 흔적이 없을 만큼 퇴고를 하려면 얼마나 손질을 많이 해야겠습니까? 그래서 손질하고, 손질하고, 또 손질해서 이제 더 이상 만지작거리면 작품이 망가진다, 원래 내가 쓰려고 했던 것에서 벗어나게 된다, 이런 느낌이 드는 지점에 오면 딱 멈춰야죠. 바로 이 지점이 마침표를 찍어야 할 자리입니다. 어려운가요?

3장

창작 실제에서 만나는 기술적인 문제들

1. 전략적인 것들
2. 전술적인 것들

1. 전략적인 것들

장님 코끼리 만지기가 놓치는 것

　창작 출발에서 완료까지의 과정은 한눈으로 조망하면 명료하지만 실제 진행 속에서는 상당히 복잡하기 마련입니다. 좋은 글감을 찾는 요령, 무르익는 과정, 마지막에 첫 문장을 생각하기, 표현의 순차성, 주봉을 놓치지 않기 따위를 지키기가 쉽지 않다는 말입니다. 사실 주봉을 놓치고 싶어서 놓치는 사람이 어디에 있겠어요? 또한 무르익어서 줄지어 나온다고 해도 그것을 질서정연한 글로 정돈하기는 얼마나 어렵습니까? 이제 거기에 필요한 세부적 요소들을 살펴볼까 합니다.

　먼저 이야기할 것은 개괄과 집중의 문제가 될 것 같습니다. 예를 들어 볼게요. 저희 또래들이 결혼식을 할 때는 친구들이 나서서 비디오 촬영을 해주는 경우가 많았습니다. 지금은 영상 미디어 매체가 발달하면서 그걸 운영하는 능력들도 상당히 발달했지요? 당시에는 비디오나 캠코더를 쓰는 사람이 드물었으니까 기계 조작이나 촬영편집은 상당히 서툴렀어요. 당연히 사용 능력에 따라 수준 차이도 컸죠. 촬영 솜씨도 그랬어요. 가령, 제 친구 하나가 찍는 모양이 이랬어요. 촬영 카메라를 메고 맨 처음에 식장 앞으로 가요. 하객들이 오기 시작하면 신랑이 맞이하느라 바쁘죠. 이때 인파를 헤치고 신랑과 신부를 포착해서 2m 내지 3m 정도 간격을 두고 예식이 끝날 때까지 졸졸 따라다녔으니 아마 가장 성실한 촬영 기사가 아니겠나 생각해 봅니다. 그렇게 찍은 것을 나중에 편집을 하죠. 헌데, 아무리 편집을 잘해도 그것만으로 결혼식 표정을 알 수 있을까요?

비디오 촬영자가 신랑 신부만 뒤따라가면서 찍으면 하나의 결혼식에 내재된, 전혀 다른 두 문화가 어울려 '경이로운 충돌'을 빚어내는 모양이 포착될 수 없습니다. 그 서툰 비디오 기사도 누구보다 열심히 촬영을 했건만 사실은 전체가 잘 보이지 않게 되고 마는 결과를 빚은 경우에 속해요. 생명체에게 자기 성찰과 회의의 시간이 없으면 이렇게 전체를 바라볼 수 없게 됩니다. 구두코에 떨어지는 물방울만 쳐다보며 걷는 사람이 어떻게 세계를 총체적으로 바라볼 수 있겠습니까? 창작 실제에서 초보자가 가장 많이 겪는 잘못 중 하나가 바로 이런 현상입니다. 제가 앞에서 '대밭에 빠졌다.'고 말한 게 바로 이거예요. 대밭에서 어느 쪽이 동쪽이며 어느 쪽이 서쪽인지 식별할 수 없으면 갈 길을 잃은 겁니다.

이제 그렇지 않은 예를 살펴볼게요. 한번은 비디오 촬영을 해주겠다는 친구가 장비를 만지는 걸 분명히 봤는데 신랑의 눈에는 잘 띄지 않더랍니다. 눈앞에 있는 예식장을 놔두고 맞은편 건물로 올라간 겁니다. 나중에 보니, 반대편 건물 옥상에서 거리의 사람들이 바쁜 걸음으로 쓸려가는 모습을 찍는데 그것이 어느 순간 예식장 앞으로 몰려드는 장면으로 바뀝니다. 그리고 카메라 렌즈를 서서히 식장 입구로, 또 식장 안으로 이동시켜 하객들이 멈춰 서도록 만든 주인공을 포착합니다. 그것도 처음에는 원거리 이미지를 포착하고 점점 가까워지다가 어느 순간 신랑의 코 옆에 있는 좀 은밀한, 그렇지만 신랑의 인상적 상징물이 돼버린 희미한 점을 클로즈업해요. 이쯤 되면 신랑의 성격과 사회적 환경과 가계문화가 보이겠죠?

자, 여기서 생각해봅시다. 카메라를 들고 원거리에서 반대편 건물로 올라가는 사람과 근거리에서 2m 거리를 유지하는 사람 간에 놓인 차이는 무엇일까요? 전자는 개괄과 집중을 하려는 사람이고 후자는 개괄도 없고 집중도 없는 사람입니다. 예술가는 늘 체험의 질서와 표현의 질서가 다름을 알아야 해요. 다짜고짜 눈앞에 보이는 진실만 찍겠다고 덤벼들면 화면을 보는 상황 자체가 개괄이 되지 않습니다. 옛말에 '장님 코끼리 만지기 식'이 그거예요. 코끼리 다리를 만질 때는 기둥 같다고 말하고 이빨을 만지면 초승달 같다고 하고 몸통을 만질 때는 거대한 벽과 같다고 했던 것이 바로 개괄이 없는 인식에 대한 풍자입니다.

개괄과 집중의 차이를 다음과 같은 상황에 견줘보면 좋을 것 같아요. 서양 사람이 한국여행을 할 때 첫 코스가 어디일까요? 인천공항에 내리면 바로 인사동 거리로 쳐들어옵니다. 아, 이게 한국 서울이구나, 하고 바로 경복궁으로 가고, 경주로 가고, 제주도로 가요. 목적지를 향해서 곧장 쳐들어가는 방식을 택하기 마련입니다. 그에 비추어 시골 할아버지가 서울 구경을 할 때는 어떻게 합니까? 남산으로 모시고 가서 좌청룡 우백호부터 설명해야 해요. 대부분 금방 알아듣습니다. 옛날에 왕이 살던 자리에 지금은 대통령이 있어서 청와대라 하지요? 그 앞으로 나와서 제사 지내러 다니던 길을 종로라고 해요. 그리고 성을 막아서 문을 만들어 놓으니 동대문 서대문 남대문이 됐는데, 몇 해 전에 남대문이 불탔어요. 이렇게 설명을 드리고 나서 명동으로 가면 그 많은 인파들 속에 파묻혀 있을 때조차도 "그러니까 여기가 남대문에서 가깝지야?" 한단 말이에요.

이렇게 말하면 인간에게 나름대로 세계를 숙지하는 방식이 저장돼 있다는 걸 알겠지요? 여기에서 시골 할아버지의 방식이 개괄 중심이라고 한다면 서양인이 여행을 와서 택하는 건 집중의 방식입니다.

인간의 인식이 집중을 우선하느냐 개괄을 우선하느냐 하는 문제는 흔히 개성의 차이에 따른다고 생각하기 쉽습니다. 집중을 우선하는 자는 구성을 중시하지만, 개괄을 우선하는 자는 총체적 인식을 중시합니다. 여기서 구성 중심주의와 그렇지 않은 창작 경향들이 나뉘는데, 근대 말엽, 그러니까 탈근대적 현상들을 보이기 시작하는 때가 바로 근대 구성 중심주의의 한 극점이에요. 점점 탈근대적인 현상들이 늘어나면서 탈구성주의적인 착상들도 일어나게 되죠. 이를 놓고 소위 '중심을 해체한다'고 말합니다. 최근 단편소설에서조차 다중 시점을 택하는 작품이 늘고 있어요. 하나의 시점을 통일되게 사용해야 된다고 생각하는 근대인에게는 매우 낯선 형식입니다.

하여튼 여기서 중요한 것은 개괄과 집중을 수행하지 않으면 독자가 객관 대상을 파악할 수 없을뿐더러 쓰는 자가 스스로의 문맥 속에 갇혀 길을 잃는다는 것입니다. 이때 서술자의 눈을 카메라에 비유한다면, 처음에는 앵글이 하늘 높이 떴다가 코앞에 맞닥뜨릴 만큼 이동합니다. 이 이동을 능란하게 자유자재로 하면 할수록 실감의 크기가 커집니다. 이것을 굳이 작가의 어법으로 이야기 한다면 문장을 밀고 당기는 거예요. 카메라를 가진 자가 인식의 거리를 밀고 당길 줄 알아야 개괄이 가능하고, 또 집중을 하기도 해서 대상을 자유자재로 보여주는데, 그것이 서툴러 같은 거리만 유지하고 있으면 개괄도 안 되고 집중도 안 되어 결국 총체성도 핵심도 놓치게 됩니다. 그것을 이제 작품으로 예를 들어볼게요.

개괄과 집중이 잘된 소설이 막심 고리키의 『어머니』입니다. 첫 장면이 어떻게 시작되는가 하면, 서술자의 눈이 하늘 높은 곳에 있어요. 아주 높은 곳에서 공단 지역을 굽어보니 저 아래 공장 건물이 괴물처럼 보입니다. 이 괴물은 큰 입을 가져서 아침 사이렌이 불면 사람들을 쭉 빨아들이는 것처럼 보여요. 노동자들이 꾸역꾸역 삼켜지겠죠? 오후에 퇴근할 시간이 되면 다시 사이렌이 불고, 이번에는 괴물이 사람들을 토해내듯이 쏟아져 나와요. 바로 그때 앵글도 서서히 내려오면서 사람들의 모습을 비추는데, 다들 비가 오지 않는데도 우산을 들고 장화를 신었어요. 당시 페테르부르크 노동자들에게 우산과 장화는 한 달 월급을 털어야 할 만큼 비싼 물건입니다. 그런데 꾸역꾸역 토해져 나오는 노동자들이 하나같이 그걸 착용하고 있어요. 서술자는 그에 대해 별다른 설명을 하지 않습니다. 그런데 독자에게 전달되는 건 '콤플렉스 덩어리들이 빠져 나오는구나' 하는 느낌이에요. 그 노동자들은 내면이 공허합니다. 속이 늘 허허롭기 때문에 열심히 유행을 따라가지 못하면 무시당할 것 같고, 자긍심이 없어서 무너져버릴 것처럼 두려움이 커요. 당당함이 전혀 없죠. 그게 패션에만 영향을 미치는 게 아니라 행동거지에도 작용합니다. 퇴근 후 공장을 빠져 나와서도 각자의 길을 가지 못하고 어디론가 몰려가요. 우르르 술집으로 가는 건데, 큰소리로 떠들면서 옆 사람이 지나가다가 테이블을 살짝 건드리기만 해도 "이게 나를 무시해?" 하고 쓸데없는 자존심을 세웁니다. 평소에 한 사람의 인격체로서 존중받지 못했던 것이 그런 식으로 드러나는 거죠. 그렇게 해서 술집에서 소란한 사람 중의 하나를 포착합니다. 저 높은 곳에 있던 서술자의 눈은 점점 내려오던 끝에 이제 한 개인의 내면이 보일 듯한 지점까지 하강해요. 서술자의 눈은 유난히 시끄럽던 사람을 따라서 귀가하는데, 대문을 열고 들어가다 개가 반가워서 꼬리를 치는 것을 보고 "이 새끼가 누구에게 까불어." 이러면서 발로 차려고 해요. 그때 곁에서 쩔쩔매고 서 있는 여인이 있어요. 바로 아내입니다. 남편의 마음이 상해서 행패라도 부리면 밤 시간이 고생 되겠죠. 아내가 남편에게 최대한 잘하려고 하는 순간에 퍼뜩 떠오르는 말이 있어요. 저 골치 아픈 남편을 이웃에서 걱정해 주는 사람이 없었어요. 오히려 "당신은 아들을 조심해야 돼. 파벨 때문에 곤욕을 치를지 몰라." 골치 아픈 남편 걱정은 안 하고 의젓하기 짝이 없는 아들 염려만 하는 걸 어머니는 이해할 수 없습니다. 이때 아들은 아버지와 똑같은 공장에서 일하는데도 벌써 퇴근해서 책을 보고 있습니다. 술 취한 모습도 본 적이 없고, 콤플렉스 때문에 개를 차거나 어머니를 괴롭히지도 않습니다. 사람들은 왜 그렇게 훌륭한 아들을 염려하는지 알 수 없어요. 그래 묻습니다. "공장에서 무슨 일이 있었냐? 사람들이 너를 보고 왜 걱정하는지 모르겠어." 아들이 답합니다. "어머니는 어머니의 운명에 대해서 생각해 본 적이 있으세요?" 충격적인 얘기입니다. "아니, 여편네에게도 운명 같은 게 있을까?"

작가가 머릿속에 설정해둔 그림은 아마 이와 같았을 거예요. 어때요? 번역본마다 다르겠지만 고리키의 『어머니』에서 주인공이 등장하는 장면이 얼마나 근사합니까? 중심 서사와 상관없이 곁가지를 쳐다보면서 전체를 개괄해 가는 솜씨가 일품인데, 사실은 이 작품의 본질이 어머니가 "내게도 운명이 있었나?" 생각하게 만드는 거예요. 우리와는 환경과 문화가 전혀 다름에도 소설의 행간에서 수많은 조선의 어머니를 사유하게 됩니다. 한 번도 자기 운명의 주인인 적이 없었던 사람들, 여편네란 그저 남편에게 안 맞고, 자식 잘 키우고, 하루해만 무사히 넘기면 되는 존재인 줄 알았는데, 아들의 질문 하나에 세계가 흔들립니다. 어머니는 아들이 하는 일을 이해하지 못하지만 나중에 확신을 가지고 아들을 대신합니다. 개괄이 잘 되었습니까?

　여기서 중요한 사실 하나가 도출됩니다. 개괄과 집중의 관계입니다. 모든 집중은 훌륭한 개괄 위에서 가능합니다. 고리키의 『어머니』는 당시에 지적 수준이 높지 않았던 러시아 하층민들에게 광범위하게 읽혔습니다. 그래서 러시아뿐 아니라 당시의 일본, 또 그 식민지였던 조선 독자까지도 사로잡지요.

　이 같은 개괄과 집중의 요령은 작품의 전체에서 발휘되어야 할 뿐 아니라 문장 하나하나에서도 구현되어야 합니다. 그런 문장이 어떤 건지 살펴볼까요? 만약에 어떤 해의 서울 인구가 일천만 팔백 명이었다고 합시다. "그해 서울 인구는 일천만 팔백 명이었다." 하고 말하는 것과 "그때 서울에서는 일천만 칠백구십구 명과 그녀가 살고 있었다."고 쓰는 것은 다르겠지요? 문장 하나가 추상적인 정보를 전달하는 것과 전체를 개괄하면서 집중을 만들어내는 것은 달라요. 작품 전체에서 개괄과 집중의 끈을 놓치지 않아야 주봉도 놓치지 않고 유기적 총체성도 잃지 않습니다.

풍경도 상처가 될까?

다음으로 중시할 것이 미학적 성취의 문제가 아닐까 합니다. 합평회 때 보면 막연하게 추상적인 느낌으로 미학적 성취 이야기를 하는데, 편의상 세 가지로 나누어서 살펴보겠습니다. 자연미, 사회미, 인간미.

먼저, 자연미 이야기를 해볼까요? 자연의 움직임 속에 아름다움이 내재되어 있다는 사실은 부언할 필요가 없을지 몰라요. 모든 생명체들이 반응하는 것이니까요.

수많은 관찰과 실천으로 중국 고대 화가들은 계절마다 다른 나무, 연못, 하늘 등의 색채 변화들을 이야기했다. 물빛은 봄에는 녹색, 여름에는 벽옥색, 가을에는 푸른색, 겨울에는 검은 빛이다.

그런 것 같습니까? 매일 같이 한강을 건너는 사람들도 이를 인지하지 못할 때가 많습니다. 그래서 언제나 한강물이 푸르다고 생각하지만 봄에는 녹색, 여름에는 벽옥색, 가을에는 푸른색, 겨울에는 검은색을 하고 있어요. 당연히 작품에서도 그 같은 색채 변화가 반영되어야 옳겠죠. 최근 작품들에게 치명적으로 결여된 것 중 하나가 이겁니다. 대지를 모른다는 것은 하나의 생명체로서 큰 불행입니다. 과학기술이 발달해서 인간의 일상이 송두리째 문명 내부의 것이 되고 나면 이제 문명 바깥의 움직임을 거의 식별하지 못하게 될 거예요. 이게 아무것도 아닌 것 같지만 신문을 펼쳐 보세요. 많은 사건들이 문명의 너머에서 오고 있어요. 인간이 자연의 일부임을 끝없이 자각하지 않으면 안 된다는 사실을 태풍은, 지진은, 홍수는 웅변하고 있어요. 문학이 자연미를 놓친다는 것은 대지 위의 생명체에게 삶의 세계가 마치 눈 가리고 아옹 하는 것처럼 된다는 것을 의미합니다. 그리고 그것이 지금 우리의 문화적 딜레마가 아닌가 합니다. 지금 발표되는 시와 소설, 가요, 드라마의 태반이 자연에 대한 불감증 증상을 보이고 있습니다. 가령, 예전 노래들은 날씨도 "삼각지 로터리에 굿은비는 내리고" 였어요. 삼각지 로터리에 비가 내리는 게 얼마나 청승맞은지 아세요? 요새는 온통 "네가 그랬으니까 그랬지 안 그랬으면 내가 왜 그랬겠나." 하는 노래들뿐이에요. 한마디로, 상황만 존재하고 대지는 사라졌다는 얘기를 하는 겁니다. 여기에 무슨 자연미가 있겠습니까?

제가 어릴 때 싫어했던 영화 장르가 있었어요. SF영화라 합니까? 외계인들이 등장하는 이유도 모르겠고, 그들의 긴장, 갈등, 경쟁 양상도 알 수 없었는데, 나중에 서울에서 살면서 쉽게 이해가 되더라고요. 외계인들이 지구를 찾는 이유가 뭐였죠? 지금 너무 지난 얘기를 하고 있죠? 하여튼 대부분 외계인들은 지구보다 발달된 문명 속에 놓여 있어요. 그들이 고도의 기술을 앞세워 낙후된 지구로 왜 쳐들어와야 할까요? 그것은 고도의 기술문명에게 결여되어 있는 것들이 지구에는 남아있기 때문이에요. 아름다운 자연, 산소, 물, 그리고 인간의 신체에 남아 있는 대지적 현상들. 이런 것들이 사실은 존재의 핵심을 구성하는 본능 현상에 속하는 것들입니다. 서울 사람들이 몽골 초원으로 여행을 가는 것도 굉장히 비슷한 심리를 가지고 있어요. 우리가 자연으로부터 멀어졌는데 그게 사실은 우리가 우리의 본능을 구성하는 것들에게서 멀어진 셈이 됐어요. 그것은 존재의 근거 자체가 소멸될 수도 있는 상당히 위험한 현상에 속합니다.

　옛날 사람들은 귀신 영화나 스릴러 등에 잠복된 '전율에 대한 갈증'이 별로 없었어요. 구세대는 자녀들이 무서운 것을 엄청 못 견디는 걸 이해하지 못했어요. 깜깜한 것을 전혀 못 견디는 아이들이 왜 그토록 귀신 이야기를 좋아하는지, 영화도, 소설도, 개그까지도 유령만 선호하는 게 무척 이상합니다. 예컨대 전율에 대한 갈증, 전율에 대한 허기, 전율에 대한 굶주림이 있는 거예요. 저희 세대는 칠흑같이 깜깜한 밤에 추적추적 비가 내리는 공동묘지를 지나서 먼 마을까지 막걸리 주전자를 들고 술 사러 가는 일이 많았어요. 불빛 한 점 없는 산길에 서서 아버지를 마중하거나 달 없는 밤에 들일을 마치고 돌아오곤 했습니다. 그때라고 해서 왜 무섭지 않았겠어요.

여기서 중요한 점은 그런 경험들을 통해 숱한 전율을 소화해 왔다는 거예요.

생각해보면 아이들이 유령 코드를 좋아하는 것은 당연한 현상이에요. 인간은 자연과 접촉하면서 숱한 전율의 순간과 찰나들을 통과하면서 자신의 본성을 구축해 왔어요. 그래서 식욕의 본능, 성욕의 본능만 있는 게 아니라 전율에 관한 욕구 또한 존재의 근원적 욕망으로 가지고 있으니, 이를 인간의 본성에 속하는 것이라고 봐야겠지요. 왜냐하면 그것들이 지금 우리가 인간의 영혼이라고 말하는 것을 만들어왔으니까요. 그게 결여되면 수분이 부족했을 때 갈증이 나는 것처럼, 많이 부족하면 너무 목말라서 아무 물이나 마구 마시고 싶듯이 전율에 관한 욕구도 이 문명의 아이들에게 절박한 것이 됩니다.

지금 자연미에 대한 설명이 잘 되고 있습니까?

인간은 자연과의 관계 속에서 자신의 본성을 얻었기 때문에 이게 결여되면 갈증을 느끼게 되어 있어요. 그리고 결여된 건 반드시 보급받지 않으면 안 됩니다. 그런데 어디서 보충한담? 그것을 저는 문화라고 생각합니다. 줄광대가 자기 몸무게가 쏠리는 반대쪽으로 부챗살을 펼치지요? 광대가 줄을 탈 때 부채를 드는 이유가 여기에 있어요. 가느다란 줄 위에서 몸무게가 쏠리는 것을 조절하기 위해 부채를 들고 걷는데, 이 부채가 바로 문화입니다. 그래서 줄광대의 부챗살은 늘 몸무게가 쏠리는 반대쪽으로 펼쳐지게 되어 있어요. 마치 자전거를 타는 사람이 쓰러질 때 구심력 때문에 안으로 치

닿는 것처럼, 문명과 자연의 교감이 끊겨 극심한 고갈 상태에 빠지면 세상은 자연미가 살아있는 작품을 더욱 선호할 수밖에 없을 겁니다. 아마 21세기 문학은 근대예술이 걸어갔듯이 일방적으로 자연미를 소멸시키는 방향으로 가지는 않을 겁니다. 어떤 식으로든지 다시 복원해 낼 거예요. 그래서 자연미를 살리는 게 아주 중요한데, 중국의 옛 산수화가 남겨놓은 유산들은 그때 우리에게 꽤 큰 참고가 될 거예요. 또 하나 예를 들어볼까요?

봄 산에는 아지랑이와 구름이 끊이지 않고 이어져 마치 사람이 기뻐하는 모습 같고, 여름 산은 아름다운 나무들이 울창한 구름을 드리우니 사람의 넉넉한 모습 같고, 겨울 산은 어둡고 거센 바람 불어 만물을 덮고 가리니 적막한 사람과 같다.

겨울 산이 적막한, 고독을 상징하는, 처연한 냄새를 풍기는 산과 같다면 그 속에 놓인 인간의 성정은 어떤 상태를 보이게 될까요? 그래서 이런 유형의 관찰이 중요해지는 거예요.

그럼 문학작품에서 이걸 어떻게 살릴까요? 가령, 소설을 쓸 때 H읍이라고 쓰지만 그런 추상적인 공간이 아니라 장성읍이거나 담양읍이어야 대지의 실감이 담기는 거예요. 각개 지역들은 배경 환경으로서의 자연만 다른 게 아닙니다. 저는 1984년에 전라도에서 서울로 올라왔는데, 객지에서 보니 좁은 한반도에서도 노동자의 모습이 지역마다 달라요. 사투리도 다르고 기세도 다릅니다. 광주 같으면 1980년 5·18이 나던 무렵에 아세아자동차 공장이 있었어요. 거기에 취직하면 지역사회에서 대학생이 되는 것보다 의기양양했습니다. 취직을 잘한 거지요. 그런데 경인지역에서는 노동자의 모습에 인권 탄압과 수탈의 흔적이 남아 있어요. 그 시절에 울산에 가 봤더니 생산 1과, 조립 3과 하는 명찰을 그대로 차고 있는 사람들이 그 복장 그대로 하고 가족들과 함께 백화점 나들이를 해요. 이게 경인지역에서 가능합니까? 서울에서는 옛날 말로 다방 같은 데 들어가면 차 나르는 아가씨가 누구에게나 사장님이라고 부르지 노동자라고 부르지 않습니다. 자아와 세계가 달팽이와 달팽이 껍질처럼 서로 연결되어 있다는 말이 이런 뜻이에요. 껍질이 깨져 있는 곳에서 사는 달팽이는 불구의 몸이 됩니다. 그러니 세계를 놓치고, 즉 달팽이 껍질은 없이 달팽이만 그려 놓으면 달팽이의 현실이 그려질 턱이 없죠. 이래서 자연미는 등장인물의 부속물이 아니라 서사의 필수 요소가 됩니다. 카뮈의 『이방인』에서 뫼르소가 놓여 있던 햇살 밑이나 현기영의 소설 『마지막 테우리』의 주인공이 제주도의 바람 속에 서 있는 것은 그 자체로 소설의 본질이 될 수 있어요. 김승옥의 『무진기행』도 대표적 사례로 꼽아야겠지요? 그 소설을 영화화한 작품 〈안개〉의 주제가가 바로 정훈희의 〈안개〉를 낳잖아요. 한국사회가 그 시대를 안개의 시대로 불렀다는 점을 주목할 필요가 있습니다.

이렇게 자연의 움직임을 잘 그린 경우를 놓고 우리는 자연미가 살아있다고 말합니다. 그런데 여기서 좀 재미있는 문제가 하나 제기됩니다. 자연미는 그것을 부여받은 인간에 의해서 더 넓고 깊은 의미 속으로 확장이 됩니다. 어떤 경우에는 작가가 의도하지 않아도 독자에 의해서 그 의미가 확장되기도 합니다. 예를 들어볼게요. 전남 강진에 가면 김영랑 시인의 생가가 있지요? 가장 먼저 떠오르는 시가 뭡니까? 「모란이 피기까지는」이잖아요. 그걸 학교에서 순수시, 청각적, 유미주의 따위의 지식들과 함께 습득했어요. 그 반대편에 있는 것이 정치적이고 불순하다는 것일 텐데, 저를 비롯해서 제 주변 친구들에게는 5·18 이미지를 가장 강렬하게 작동시키는 시가 이 작품입니다.

> 뻗쳐 오르던 내 보람 서운케 무너졌느니
> 모란이 지고 말면 그뿐, 내 한 해는 다 가고 말아
> 삼백 예순 날 하냥 섭섭해 우옵내다
> 모란이 필 때까지
> 나는 기다리고 있을 테요, 찬란한 슬픔의 봄을!

그해 모란이 피던 무렵의 찬란한 슬픔을 겪고 나서 해마다 모란처럼 져버린 사람들, 삼백 예순 날 하냥 섭섭할 뿐인 날들을 저희는 겪었다고 생각했어요. 여기서 자연미가 그 이상의 무엇으로 확장되는 걸 예감할 수 있습니다. 어떤 경우에는 자연미가 그냥 자연의 아름다움일 뿐이지만, 어떤 경우에는 그것이 사회미로, 또 인간미로 승화됩니다. 모두 인간의 내면에 드리워진 대지의 그늘 때문에 가

능해진 일들이에요. 그렇다면 한 인간의 심연을 놓치지 않기 위해서라도 대지의 움직임, 자연의 움직임을 놓치지 않아야겠죠? 그게 생략되면 인간의 표정이 조금 공허해집니다. 풍경과 상처의 관계 때문이에요.

사회미라는 게 그렇게 생겨납니다.

> 울 밑에 선 봉선화야
> 네 모양이 처량하다

이거 좀 슬프고 처량하죠? 꽃이 피는 게 왜 슬픈 일이겠습니까? 지금 같으면 반가워서 화들짝 놀라고 비명을 지를 테니 슬픔은커녕 감격과 희열이 먼저 다가오겠죠. 그런데 일제 강점기 때는 달랐습니다. 키도 작아서 가난한 시골집 '울 밑에 선 봉선화'를 생각하는 순간, 봉선화처럼 살고 있는, 봉선화처럼 슬픈, 또 처량한 그 시대의 '불우'가 그려지는 거죠. 그래서 봉선화는 일제 강점기 때 탄압받는 조선 민중의 심금을 크게 울렸습니다. 사회미는 대체적으로 사회의 제도와 풍습 등을 그리면서 살아나는데 한 마을의 인정, 풍습 따위를 아주 잘 그린 작품으로 손꼽을 만한 것이 서정주의 「질마재 신화」입니다. 사회미의 한 모델일 수 있어요.

자연미가 사회미로 확장된다는 말은 인간미로 심화되기도 할 거라는 걸 의미하겠죠. 조선시대 산문가 중 박지원이 있습니다. 한 구절 읽어볼게요.

여인의 고개 숙인 모습에서 그녀가 부끄러워함을 보고, 턱을 괸 모습에서 그녀가 원망하고 있음을 보고, 난간 아래 서 있는 모습을 보고 그녀가 누구를 기다리고 있음을 보고, 파초 잎사귀 아래 서 있는 모습을 보고 그녀가 누구를 바라보고 있음을 알아야 한다.

인간미에 대한 탐구는 근대 서구 미학이 집중적으로 다뤄온, 어쩌면 전무후무한 업적이라 해야 할지 모르겠습니다. 신의 피조물이던 인간을 세계의 주체로서의 인간으로 다시 그려온 역사가 서양 소설사라 해도 될 거예요. 세르반테스의 『돈키호테』를 필두로 하여 발자크, 카프카 등 수많은 명작들이 쏟아져 나왔습니다. 우리나라 대중 가수들 중에서 너무 일찍 숨져간 안타까운 천재들이 좀 있지요? 배호도 그렇고, 김정호, 김현식, 김광석도 그런 이름입니다. 이상하게도 그들은 자기 연민이랄까, 존재의 슬픔을 상징하는 노랫말들을 꼭 남겼습니다. 예를 들어서 배호는 〈마지막 잎새〉가 되었어요. 김정호는 〈하얀 나비〉를 불렀는데, 그의 노래비에 새겨진 구절이 이래요.

꽃잎은 시들어요. 때가 되면 다시 필걸.

김정호의 삶을 슬퍼한 사람들이 비석에 새겨둔 이 구절을 보면 그들에게 '하얀 나비'는 김정호의 생애를 상징하는 정서적 등가물이 되었음이 분명하죠.

춤과 걸음의 차이

   세 번째로 할 이야기는 장르의 본질을 살리는 일입니다. 장르는 그냥 종류의 차이로만 존재하는 게 아니라 그것이 놓인 현실적 기반의 차이를 안고 있어요. 어떤 것은 서사적인 현실 때문에 발생하고, 또 어떤 것은 서정적인 방식이 아니면 접근 불가능합니다. 이래서 소설과 시는 요리 방식의 차이가 아니라 감동의 계보 자체가 전혀 다른 것에 속합니다. 그래서 소설이라면 소설적 본질, 시라면 시적 본질을 놓치지 않아야 해요. 좀 더 쉽게 말하면 서사문학을 창작할 때는 서사를 놓치면 안 되고 서정문학을 하는 이는 서정을 놓치면 안 되는 겁니다. 동어반복 같지요?

   장르의 본질을 놓치지 않으려면 문학이 언어를 기반으로 한다는 사실을 주목할 필요가 있습니다. 말에는 두 가지 차원이 있죠? 하나는 뜻을 거느린다는 점이고 하나는 울림이 달려 있다는 겁니다. 뜻이 말의 영혼이라면, 울림은 말의 육체에 속하겠지요. 서사문학에서 말의 영혼을 다루는 방식, 또 말의 울림을 다루는 방식은 서정

문학에서 말의 영혼과 울림을 다루는 방식과 다릅니다.

서사문학에서 뜻을 드러내는 핵심은 무엇일까요? 우여곡절입니다. 우여곡절이 아예 없거나 그것을 필요 이상으로 과장하면 읽는 자는 필연적으로 피로감을 느끼게 되어 있어요. 남는 것은 모자란 것만 못하다고 하죠? 이것은 어디에서 오는 것이냐 하면 글 쓰는 요령에서 오는 것이 아니라 삶의 진실에서 오는 것입니다. 인간의 삶이라고 하는 것은, 일정하게 시간이 흐르면 반드시 우여곡절이 발생하게 되어 있습니다. 이것이 삶의 실체예요.

그런데 여기서 다시 고려할 것이 있습니다. 우여곡절도 큰 차원의 것과 작은 차원의 것이 있어서 서사문학은 장편과 단편으로 나뉩니다. 예를 하나 들어볼게요.

여기에서 추천하고 싶은 책이 있는데, 덩치는 작고 부피는 얇은 꼬마서적입니다. 손철주의 『속속들이 옛 그림 이야기』 속에 나온 에피소드들 중에 작가 지망생들에게 들려주고 싶은 얘기가 참 많습니다. 지금 하려는 얘기도 그중 하나예요.

중국 송나라 시절의 문인이자 화가 중에 곽충서라는 사람이 있어요. 어느 날 부자가 모셔가서 주안상에 산해진미로 대접했습니다. 그리고 그림을 그려달라는데 거절할 수 없었어요. 그래, 그러자 하니 하인이 칭칭 감긴 비단 꾸러미를 펼치는 겁니다. 곽충서는 내심 괘씸했습니다. 대접에 비추어서 너무 큰 걸 요구한 탓이죠. 그래서 비단 한쪽 끝에 아이가 연을 날리는 얼레를 들고 있는 모습을 그려놓고 반대쪽 귀퉁이에 연을 그렸어요. 그 다음에 붓을 들어 얼레에서 연까지 연결하는 실을 그었지요. 통쾌하죠? 요즘 장편들 중에는 이런 모양의 것이 많아요. 재료가 크다고 대작이 되는 것도 아니고 분량이 길다고 장편이 되는 것도 아닙니다. 이 작품은 화면의 크기는 클지언정 내용물이 너무 가냘프잖아요. 단선적인 형상이 길어지는 것만으로는 대작이라 할 수가 없죠. 이렇게 모든 장르는 각기 나름의 속성이 있어요.

그런가 하면 서정적 방식에서는 느낌, 혹은 감정 표출을 통해 드러납니다. 학교에서 가르치는 가장 간단한 감정표출의 언어는 느낌표예요. 느낌표를 펼치면 감탄사가 나오죠. 감탄사들의 세계가 노래요 시인데 이것은 한 번 부르고 소멸되기 위한 것이 아닙니다. 반복해서 불리기 위해 존재하는 거죠. 시 중에는 그림처럼 시각적 이미지로 구성된 작품들도 있어요. 그래서 운율이 들어있지 않은 것처럼 생각하는 사람도 있지만 시를 끌고 가는 힘은 운율에서 나옵니다. 이 운율이 몸에 어떤 식으로 숙지될까요? 만약에 빛이 없는 어두운 계단을 오른다고 생각해봐요. 계단을 하나하나 걷다 보면 보폭의 크기를 신체가 감지하게 됩니다. 계단을 걷는 동작, 즉 반복 동작을 통해서 계단의 길이와 높이가 몸에 입력되어 어떤 박자를 만들어내는 거지요. 그래서 보행자는 그 박자에 맞춰서 내려가게 돼요. 그러다가 두 개가 남은 것 같아서 큰 걸음을 떼었는데 한 개밖에 안 남았을 때 어떻습니까? 신체의 움직임과 신체 안에 내장된 박자가 불화를 겪게 되죠? 난데없이 계단 하나가 불쑥 솟아오르는 것 같은 당혹감을 느낄 겁니다. 계단을 걷는 걸음이 반복되면 그에 의해 형성된 크기, 길이가 몸 안에 입력되는 걸 우리는 운율이라고 합니다. 흔히 그 운율 때문에 똑같은 뜻을 거느린 말일지라도, 세 글자로 표현되면 운율이 깨지기 때문에 기어이 두 글자로 골라서 쓰려고 하고, 어떤 경우는 두 글자로 말하면 모자라기 때문에 세 글자로 늘려서 표현을 합니다. 요즘에는 그런 표현을 쓰지 않지만 '하이얀' '노오란' 이런 표현들이 그래서 생겨난 거예요.

노래는 내용 면에서도 반드시 충족되어야 할 것들이 있어요. 조선시대 정약용이 한 말인데, '불우국비시야(不憂國非詩也)'라 했어요. 나라를 근심하지 않으면 시가 아니라는 말이죠. 이를 굳이 이데올로기적으로 해석해서 조국을 노래해야 시다, 혹은 정치적이어야 시다, 생각할 일은 아닙니다. "나를 위해 울지 말고 모두를 위해서 울어라."는 말과 똑같은 거예요. 삶의 보편적인 문제가 아니고 개인만의 감정을 토해내면 사람들이 뭐라고 하죠? 사적 감정을 날것으로 드러내면 남들이 징징거린다고 생각할 겁니다. 개인적으로 징징거리는 것은 시가 아니다, 큰 슬픔을 소통할 수 있어야 한다, 이런 얘기예요. 1990년대에 시에 있어서 리얼리즘 논쟁이 있을 때도 가령 백낙청은 '사무사(思無邪)' '지공무사(至公無私)'를 주장했습니다. 개인의 감정이란 지극히 공에 이르러야 '전형'이 되고 '시대적인 것'이 된다는 얘기겠죠. 이게 서정이라고 하는 어떤 정서적인 형태를 예술 재료로 사용하고 있는 장르의 운명입니다. 그래서 시에서는 나를 위해 울지 말고 모두를 위해 울어야 시적인 것이 되고, 소설에서는, 이건 밀란 쿤데라의 말입니다만, '이제껏 알

려져 있지 않은 존재의 부분을 찾아내지 않는 소설은 부도덕한 소설이다.' 삶의 새로운 측면을 밝혀내지 않은 소설은 아무리 새로운 의상을 걸쳐도 낡은 소설인 것이고, 새로운 세상과 사회관계 속에서 새롭게 발견된 성격, 행동양상을 드러낸 글은 새로운 소설이라는 얘기에요.

여기서 잠깐 장르 수업 때 예로 든 김성동의 『길』 이야기도 상기해둡시다. 산문이 '걸음'이라면 시는 춤이라는 말 기억하지요? 춤은 언제 춥니까? 흥이 솟아야 추죠. 인간의 '흥'을 논리력이 조종하는 건 아닙니다. 춤을 추면서 머리를 써서 이 동작이 무엇을 상징하고, 무엇을 형상화하는지 메시지를 만들어보려고 해보세요. 잘 안됩니다. 농부가 추수하는 동작으로 춤을 만들고자 탈곡기 돌리는 흉내를 낸다고 농민의 감정이 실리는 건 아닙니다. 멀리서 들려오는 종소리는 기뻐라, 슬퍼라 하는 의미부호를 가지고 있지 않습니다. 그러나 그것이 마음과 마찰되면서 어떤 느낌을 만들어요. '누가 치는 종소리가 저리도 애간장을 끊일까?' 이런단 말예요.

그럼 시에서 운율이라고 하는 것이 왜 문제가 되는지 살펴보겠습니다. 사실 시에서 창조되는 성격의 태도는 어조와 운율에서 거의 결정이 됩니다. 낡은 것과 새로운 것도 여기에서 나뉘어요. 어떤 시대는 가파르고, 어떤 시대는 격렬하고, 어떤 시대는 느슨하고 평화롭고 권태로운가 하면 어떤 시대는 격렬하고 벅차고 난폭합니다. 이게 운율에 어떤 영향을 미치는지 알려면 행군을 떠올려보면 쉬워요. 예를 들어볼게요. 제가 군대생활을 할 때 산악지대에서 일개 대대가 행군을 합니다. 그러면 대대장이 무전기로 명령을 내려요. 행군 간에 군가한다, 이렇게 지시를 내리면 아주 길게 늘어선 대열이 동시에 노래를 시작합니다. 그때 앞 대열은 산 중턱을 오르고 뒤 대열은 평지를 걷고 있어요. 잠시 후 앞 대열은 군가가 끝났는데, 뒤에서는 한창 노래를 부르고 있어요. 똑같은 박자를 가진 노래인데 먼저 끝난 이는 뭐고 나중에 끝나는 이는 뭐란 말입니까? 이건 어렸을 때 소풍가는 풍경도 마찬가지입니다. 이건 대열을 구성한 사람들의 의지가 아니라 평지와 언덕의 차이가 만들어낸 겁니다. 사람뿐만 아니라 강물도 그렇게 노래해요. 평지를 흐르는 물과 가파른 곳을 흐르는 물이 다른 목소리를 내는 거예요. 이렇게 가파른 곳을 갈 때는 가파른 호흡으로 평평한 곳을 갈 때는 느슨한 호흡으로 노래하는 것, 사회에 따라서 시대의 높이에 따라서 호흡이 다르듯이 각 개인의 정서적 곡절에 따라서도 호흡이 달라집니다. 운율이 어디에서 발생되는지 느낌이 오지요? 제가 시의 운율을 얘기했지만 산문의 문체에도 똑같이 적용됩니다.

그리고 여기에 한 가지 추가할 사실이 있습니다. 예가 과격하니 생각이 다르더라도 양해를 하고 들어주시면 좋겠는데요. 그때가 1990년 언저리였는지 정확한 기억은 아닌데 명동성당 근처에서 도시빈민 문제로 시위를 할 때입니다. 학생들이 구호를 외치는데, "도시빈민 탄압하는 X태우를 불태우자." 이랬어요. 이를 따라할 때 학생들은 명쾌하게 박자가 일치돼서 합창이 되는데, 사실은 학생들이나 그렇게 되지 시민들은 동참할 수 없어요. 한 번 불러주고 다시 적어보라고 하면 그대로 안 나오거든요. 어떤 사람들은 '억압하는'이라 하고 어떤 사람은 '탄압하는'이라 하니 뜻은 같을지언정 운율의 묘미는 어긋나게 되는 거예요. 똑같이 4.4조이기 때문에 운율이 맞노라고 우길 수 있지만 운율이라는 게 그렇게 글자 수를 맞춘다고 생겨나는 게 아닙니다. 당시에 노점상들이 구호를 어떻게 외쳤는가 하면, "애태우고 속태우는 X태우를 불태우자." 이래요. 개념적인 사유에 훈련된 사람들은 4.4조에 맞춘 거고, 개념화 습관이 안 되어있는 사람들은 생활 감정을 운율에 태운 거예요. 정확히 말하면 하나는 운율이 내재된 거고 하나는 운율을 지식으로 만들어낸 겁니다.

1980년대에 노래가사 바꿔 부르기 운동을 많이 했어요. 〈석탄가〉라는 민요에서 "석탄 백탄 타는데, 연기만 풀풀 나고요. 우리네 가슴 타는데, 연기도 김도 아니 나네."를 "팔육, 팔팔 하는데"로 바꿔 부르는데 합창이 되지를 않습니다. 5·18의 상흔 위에서 '86 아시안게임' '88 올림픽'이 개최되는 걸 풍자하려는 의도가 제대로 살아나지 않은 거죠. 사실, 민요 〈석탄가〉는 제가 배운 적이 없어요. 그런데 그 민요가 채용하고 있는 음운론적 현상들은 제 몸에 입력되어 있을 뿐만 아니라 제가 속한 언어공동체에 의해서, 수많은 세월 동안 수없이 많은 혀와 입술이 만져서 닳고 닳은 나머지 운율상으로 거의 완벽하게 다듬어져 있었던 것입니다. 여기서 흐르고 있는 운율의 생명감, 이것이 개념적으로 말을 만들어서는 생겨나지 않아요. 삶과 표현, 존재와 언어라는 것이 간단한 것 같지만 간단하지 않습니다. 그래서 계속 이것을 풀어보고 녹취하고 취재하는 것이 큰 자산이 될 거예요. 똑같은 글자 수를 사용해도 어떤 것은 운율이 미약하고 어떤 것은 아주 강렬하게 됩니다. 이 운율의 내용을 건드리지 않는 것 같지만 이 운율이 살아있으면 그냥 암기됩니다. 머리가 아니라 입술이 외워요. 'ㅐㅜ, ㅐㅜ, ㅐㅜ, ㅐㅜ.' 이 'ㅐㅜ'가 네 차례 반복되면서 언어의 운율감을 만들어 낸 거예요.

그럼 운율은 어떤 특성을 가질까요? 슬플 때는 운율이 늘어집니다. 기쁠 때는 빨라져요. 한 구절을 읽어 볼게요. 민용태 시인이 쓴 책인데 『로르까에서 네루다까지』에 이런 내용이 나옵니다.

산문시의 모든 구문, 구두점, 짧고 긴 문장이 이루어가는 호흡은 시 내용과 필연적인 관계 속에 있어야 한다. 산문도 구문이나 의미론 상의 리듬이 있다. 어떤 구문이나 의미소가 반복되어도 우리는 리듬을 느낀다. 전적으로 슬픔이나 웃음을 내용으로 하는 시구는 대체로 길어지게 마련이다. 슬프고 기분 나쁜 사람은 얼굴이 길고 그 발걸음 또한 느리고 처진 모습일 수 있다.

얼굴이 긴 것은 슬픔의 형상이고, 동그란 것은 기쁨의 얼굴이라는 거예요. 그래서 대부분의 희극 배우는 동글동글합니다. 그러면 사람들에게 웃음을 주기가 쉬워요. 긴 얼굴, 긴 목, 이것은 슬픔을 전해주기가 쉽습니다. 모딜리아니 그림을 생각하시면 돼요. 모딜리아니의 그림이 모두 다 얼굴이 길고 눈이 길고 목이 길고, 그런 것은 슬픔을 집중적으로 그렸기 때문입니다. 시도 호흡이 느리고 운율이 길게 늘어지는 것은 주로 비가(悲歌)에 속하는 것입니다.

2. 전술적인 것들

첫 번째 입맞춤과 백 번째 입맞춤은 어떻게 다른가?

앞에서 긴 안목에서 필요한 기술적인 문제들을 이야기했습니다. 이제 눈앞에 맞닥뜨린 요령론 수준의 문제들을 살펴볼게요. 먼저, '낯설게 하기'에 대해 이야기할까 합니다.

집에서 어머니들이 가장 많이 투덜거리는 소재가 무엇일까요? 똑같은 반찬이 세 끼만 반복해서 올라와도 먹지 않는다? 이거 아닐까 몰라요. 어머니야 자식에게 항상 웃으면서 불평하지만 입이 짧은 것은 막을 수가 없어요. 작가가 독자에게 할 법한 불평도 어쩌면 이거 아닐까 합니다. 독자들의 입맛이 참 어지간히 까다롭거든요. 어떤 음식이 몸에 좋다 나쁘다 하는 얘길 자식들은 거의 듣지 않습니다. 어머니는 틀림없이 좋은 것을 좋다 할 텐데 자식들은 애오라지 똑같은 음식이 두 번 세 번 나온 것만 지겨워하는 현상, 사실 이것은 문화의 숙명이기도 하고 문학의 숙명이기도 합니다. 아마도 삶의 시간이 두 번 세 번 반복되는 것처럼 아무 의미 없는 시간이 반복되는 걸 견딜 수 없기 때문에 인간은 문학을 필요로 하게 되었을 것이며, 또한 '낯설게 하기'로 삶의 시간들을 구원하지 않을까, 아마도 이런 게 문학의 일차적 존재 의의가 아닐까 생각합니다.

하지만 문학에서 '낯설게 하기'라는 말처럼 비문학적으로 이해되고 있는 용어도 없을 거예요. 어떤 문제를 전혀 한 번도 본 적이 없도록 마구 비틀어서 당황스럽게 만드는 걸 낯설게 하기라고 생각하는 분들이 꽤 많습니다. 러시아 형식주의 미학을 조금 과잉되게 받아들인 분들에게 자주 나타나는 경향인지 모르겠어요. 그러나 사실 낯설게 하기는 어떤 유파의 몫이 아니라 문학의 본질과도 같은 것입니다.

인간이 보통 첫 입맞춤을 언제 하게 될까요? 사춘기? 아마 그럴 거예요. 사춘기란 인간의 신체 안에서 생명의 기운이 격동치는 매우 특수한 시기를 일컫습니다. 입맞춤 하나에도 정신과 신체의 전면이 떨리는 시기는 아마 이때밖에 없을 겁니다. 인간의 감수성이 파란만장의 충동에 휩싸여 있을 때요 한 존재가 천방지축으로 요동치는 때이지요. 바로 이때 이루어지는 첫 입맞춤의 두근거림과 떨림이 백 번, 천 번, 만 번째 반복되면 어떻게 될까요? 떨림이 전부 사라지고 없어져 버립니다. 아침에 출근하면서 아내에게 입맞춤을 했는지 하지 않았는지조차도 알 수 없어요. 예전에는 자동차 기어를 스틱으로 조정했었죠? 그 시대에 2단에서 3단으로 기어 바꾸기를 몇 십 년 하다가 보면 몸과 기계가 일치되어서 어떻게 작동시켰는지 기억이 하나도 안 났다고 해요. 그 손에게 기계는 전혀 낯설지 않은 자동 장치가 됩니다. 바로 그런, 인식의 자동화 과정을 차단하

160

는 것, 그래서 맨 처음에 만난 것처럼 떨림과 두근거림과 생소함을 되찾게 하는 것, 이것이 '낯설게 하기'입니다.

제가 문학에서 그것을 느꼈던 사례로 님 웨일즈의 소설 『아리랑』을 들 수 있습니다. 이 작품은 1980년대에 대학가를 중심으로 꽤 널리 읽힌 소설인데, 영국 여성 작가가 아리랑이라는 제목을 쓴 사실부터 신기했어요. 작가의 남편이 에드가 스노우라고, 중국 혁명을 취재하여 저 유명한 『중국의 붉은 별』이라는 저술을 남겼어요. 님 웨일즈는 아마도 남편과 함께 취재를 갔었는지 『중국노동운동사』를 쓴 적이 있습니다. 그때 중국의 혁명가 중에서 소수민족 출신을 발견했는데, 굉장히 매력적이었나 봅니다. 이름이 김산이라고 하는 한국인이었어요. 물론 가명입니다.

김산의 일대기를 그린 소설 『아리랑』의 도입부를 읽고 났을 때 제게 남은 흔적이 이랬습니다. 조선의 어떤 골목인데 지금의 북한 지역 어디일 거예요. 거기에 봄볕이 따사하게 내려앉는 장면이 그려집니다. 봄볕이 쌓일 때 그 적막이라고 하는 것은, 너무나 고요해서 햇살이 쌓여서 겹치는 것이 귀에 감지될 정도지요. 이런 적요는 그 속에 담긴 모든 사물을 굉장히 아름답고 조용하고 슬프게 만들어요. 돌담들도 마치 하나의 시각예술 작품처럼 보이고, 거기에 둥그런 초가지붕은 어떻습니까. 인위적인 느낌이라고는 들지 않도록 모두가 고도의 자연미를 풍기는 상황에서 하얀 옷을 입은 아낙네가 마당을 나서지요. 아낙네의 옷이 어찌나 희고 정갈스럽던지 머리카락조차, 옛날 조선 여인들이 그랬듯이 참빗으로 얼마나 가지런하게 빗었는지 몰라요. 그리하여 머리카락 한 올 한 올이 어쩌면 저럴까 싶을 만큼 청결한데, 거기에 행여 먼지가 앉을세라 수건까지 동여맸어요. 흰 옷에, 가지런한 머릿결에, 신발도 땅에 닿는 소리가 전혀 나지 않는 흰 고무신을 신고 사뿐사뿐 걸어요. 발소리가 전혀 나지 않게, 흰 수건까지 동여매고, 그 위에 빨래 바구니를 이었어요. 바구니에 담긴 옷들도 온통 하얗습니다. 그래서 저게 어떻게 빨래일까 싶은 느낌이 들 만큼 깨끗한 옷가지를 머리에 이고 마당을 지나 돌담길을 돌아서 개울가로 내려갑니다. 그리고 눈이 부시게 맑은 개울이 졸졸 흐르는 곳에 빨래더미를 풀어 놓아요. 이렇게 조선 여인네의 일상은 미학적 수준이 높은 한 편의 예술작품처럼 완벽한데, 그걸 골목에서 뛰쳐나온 일본인과 비교해 봐요. 허리에 단도를 차고 게다짝을 끌면서 한없이 거드름을 피우며 걷느라 온 동네를 시끄럽게 합니다. 예술작품 같던 풍경 하나가 박살이 나는 거죠. 그 봄날 자연의 숨소리를 단박에 깨뜨려 버리는 저 경박한 사람들에게 그토록 숭고한 일상을 지키는 사람들이 어떻게 식민지 지배를 당하게 되었는지, 그 역사적 아이러니가 서술자는 믿기지 않았다고 말하고 있습니다.

　저는 님 웨일즈의 『아리랑』을 보면서 제가 한 번도 생각해 보지 않았던 일상의 예술을 맛보게 되었습니다. 태어나서 수없이 많이 봤지만 백만 번째 입맞춤처럼 전혀 제 느낌에 와 닿지 않던 것을 어느 외국인의 눈빛을 통해 낯설게 다시 느낀 거예요. 이렇게 백만 번째의 눈길로는 포착되지 않던 세계에 대한 실감이 처음 보는 사람의 눈으로 보면 완전히 새롭고 전혀 낯설고 너무 신선한 것이 되어서 우리의 삶을 새로운 것으로 재생시킵니다. 바로 이 '낯설게 하기'에 대한 작가 의견을 소개시켜 드릴까요?

오에 겐자부로의 책 중에 『소설의 방법』이 있습니다. 러시아의 형식주의자 빅토르 쉬클롭스키의 말을 인용하면서 오에 겐자부로는 일상적이고 실용적인 말이 '낯설게 하기'에 의해 문학의 표현이 된다고 설명하고 있습니다.

만일 우리가 지각(知覺)의 일반적인 법칙을 해명하려고 한다면, 동작은 습관화함에 따라 자동적인 것이 되는 것을 알 수 있을 것이다. 예를 들면 우리들의 습관적인 반응은 모두 무의식적이고 반사적인 영역으로 사라져 가는 것이다.

반사적인 영역으로 사라져 버린다! 이게 왜 문제가 될까요? 일상의 감정이 숙달되는데 말예요. 안 될 일입니다. 쉬클롭스키는 이렇게 말해요.

만일 많은 사람들의 복잡한 생활 전체가 무의식적으로 지나쳐버리는 것이라면, 그 생활은 존재하지 않는 것이나 마찬가지이다. 그래서 생활의 감각을 되찾고 물체를 느끼기 위해 돌을 돌답게 하기 위해 예술이라고 하는 것이 존재하는 것이다.

마술 같지요? 다음은 쉬클롭스키가 톨스토이의 메모일기를 인용하면서, 일상생활의 수준에서 지각의 '자동화 작용'과, 그것에 대해 진정으로 살아있는 경험을 되찾는 예술의 역할로서 '낯설게 하기'에 관하여 말한 문장입니다. 저는 이걸 오에 겐자부로의 『소설의 방법』에서 읽었어요.

> 나는 방안을 걸레질하고, 주변을 돌아 소파 근처로 왔는데, 이 소파를 걸레질하였는지 하지 않았는지, 도무지 생각나지 않았다. 이들 동작은 습관화되어 무의식적인 것으로 되어 있기 때문에 나는 생각해 낼 수 없었다. 생각해내는 것은 더 이상 불가능하였다. 그래서 만약 내가 걸레질을 하면서 그것을 잊어버린 것이라면, 결국 무의식적으로 행동한 것은 아무것도 하지 않은 것과 같다. 만약 아무도 그것을 보지 않았고, 또 보았다고 하여도 무의식적으로 그렇게 한 것이라면, 재현은 불가능할 것이다. 또 많은 사람들의 전 생활이 무의식 속에 지나간다고 하면 그 생활은 존재하지 않은 것과 같다. (중략) 이렇게 무(無)로 돌려지면서 생활은 사라져가는 것이다. 자동화 작용은 사물과 의복과 아내와 전쟁의 공포를 수긍해 가는 것이다.

'낯설게 하기'란 바로 이렇게 '지각의 자동화 작용으로부터 물체를 해방'하는 마술행위를 가리키는 것입니다. 그에 대해 오에 겐자부로는 더욱 적극적인 의미를 부여하려고 합니다.

164

나는 이제까지 주로 말과 단어의 수준에서 '낯설게 하기'의 방법론에 관하여 생각해 보았다. 그런데 '낯설게 하기'는 단어 수준에서 문학 장르의 수준까지, 또 그것을 초월해서 폭넓게 적용할 수 있을 것이다.

우리가 어떤 것을 보고 듣고 느낄 때 처음에는 그것이 오감을 타고 들어오면서 굉장히 신선한 반응을 불러일으키는데, 점점 익숙해지면 그것이 우리 무의식의 저 뒤쪽 어디에 저장되어서 아무런 감흥을 일으키지 못하게 됩니다. 그러니까 어떤 사물이나 상황과 맞닥뜨려도 서정이 발생되지 않는 상태가 되는 거죠. 그러다가 서정적 환기가 일어나는 어떤 지점에서 무의식의 저수지에 담겨 있던 것이 되살아나 새로움으로 안겨오겠죠. 바로 이 때문에 낯설게 하기 문제는 서정적 환기력과도 직결됩니다. 낯설게 하기가 본질이요 생명 자체인 장르가 서정시인 셈이에요.

예전 영화 중에 낯설게 하기를 중심 소재로 잡은 영화가 있었습니다. 〈죽은 시인의 사회〉예요. 시를 가르치는 선생님이 학생들에게 인생의 매 순간순간을 낯설고 새롭게 바라볼 수 있도록, 그래서 무의미한 시간 속을 그냥 통과해가는 삶이 되지 않도록 가르치는데, 그것이 제도의 눈으로 보면 말썽꾸러기(문제적 인간)를 장려하는 게 됩니다. 학교 제도에 갇히지 않도록 선생님이 낯설게 하기의 방법으로 선택한 것이 학생들로 하여금 책상 위에 올라서게 하는 겁니다. 교실 풍경은 언제나 하나의 교육 제도로서 학생들을 체제 속의 인간으로 만드는 역할을 합니다. 학생이 등교해서 책상에 앉는 순간, 선생님은 감시하고 가르치는 자가 되고 학생들은 감시당하고 교육받는 수동태가 되기 때문에 이를 능동태로 바꾸려면 풍경의 질서를 다른 방식으로 재구성해야 되었던 거죠. 그래서 언제나 낮은 곳에 앉아있던 학생이 책상 위에 올라서서 눈높이를 바꾸는 순간 자기들이 놓여있는 세계가 전혀 다른 곳으로 바뀌는 겁니다.

낯설게 하기의 핵심은 매 순간 세계가 새롭게 탄생한다는 점이에요. 기억에 남는 사례를 들어볼게요. 그 영화 제목이 〈스모크〉였던 것 같습니다. 옴니버스 식 영화인데 첫 화가 아주 인상 깊었어요. 그걸 본 사람과 보지 않은 사람은 담배 연기의 무게를 아는 사람과 모르는 사람으로 식별됩니다. 예컨대 한 마을의 담배 가게에 몇 사람이 앉아 실없는 농담을 나누는데, 한 사람이 물어요. 담배 연기 무게가 얼마나 될까? 한 사람이 답합니다. 담배 연기에 무게가 어딨어? 여기에 반론을 펴는 자가 있습니다. 담배 연기의 무게를 측량하는 방법을 알려 줄게. 담배를 저울에 단다. 무게를 기록한다. 다음에 담배 재를 털어서 무게를 잰다. 첫 번째 무게에서 두 번째 무게를 뺀 값이 담배연기 무게라는 겁니다. 에피소드가 괜찮지요? 이야기를 끌어가는 도입부가 꽤 잘된 작품입니다. 바로 그 가게에 몹시 초췌하고 부스스한 사람이 들어섭니다. 언제 기상했는지 씻지도 않고 면도도 하지 않은 푸석푸석한 얼굴로, 담배 한 갑 주세요, 해놓고는 물끄러미 사진 앨범을 들여다봐요. 뭐 이런 게 다 있지? 하는 표정으로 한 장 두 장 넘기더니, 마침내 한마디 해요. 똑같은 사진을 왜 이렇게 앨범에 끼워둔 겁니까? 주인이 답해요. 똑같은 사진이 하나도 없어요. 햇빛의 기울기, 그림자의 크기 등 사진마다 달라요. 매일 12시 정각에 저 사거리 풍경을 찍었거든요. 이렇게 답하는 소리를 귓등에 들으면서, 똑같은 풍경을 매일 반복해서 찍을 게 뭐람. 싱거운 사람 다 보겠네, 하는 표정으로 넘기다가 어느 장면에서 딱 멈춥니다. 엄청난 충격이 전해오는 거예요. 그는 원래 유명한 드라마작가였는데, 어느 날 사랑하는 아내를 교통사고로 잃었어요. 그래서 삶의 의욕을 잃고 집에서 뒹굴다가 담배를 사러 나온 건데, 매일 똑같은 풍경이 찍힌 사진을 들여다보다가 문득 어느 날 그 거리에 장바구니를 들고 지나가던 아내의 모습을 발견한 거예요. 언제나 똑같이 지루하게 반복되는 풍경들 속에 사실은 세상에서 가장 중요한 순간도 담겨 있고 그와 전혀 무관한 순간도 담겨 있었던 거예요.

이제 낯설게 하기가 설명되었습니까? 낯설게 하기는 사실 세상에 존재하는 수많은 것들 속에 담겨 있는 겁니다. 더러 낯설게 하기를 작위적으로 생각하여 본질을 떼어놓고 생각하는 경우가 많습니다. 인위적으로 개성 있으려고 노력하다 보면 진정한 낯설게 하기가 아니라 괴상한 파탄을 저지르는 것으로 나타나는 경우도 있어요. 바로 그 문제와 관련된 것이 문학적 수사의 문제입니다. 설명해 볼게요.

문학적 수사에 대하여

　문학적 수사라고 하는 것은 창조적인 언어 사용에서 조금 핵심적인 것에 속하는 것이 아닌가 합니다. 제 개인적으로 한국 정치에 불만이 있는 요소가 삭막하고 권위적인 공적 용어들이에요. 특히 한국의 공적 용어들은 창조적인 언어 사용을 거의 기대할 수 없습니다. 어떤 것은 폭력적인 언어 사용을 의도적으로 수행하는 경우도 있어요. 예컨대 행정 언어, 법률 언어, 의사들이 사용하는 언어……이런 것들 중에 삶의 실감하고 동떨어진, 일부러 화석화된 언어를 사용해서 일상적 소통을 차단시키는 경우가 많습니다. 그것들이 개선되려면 가장 먼저 바뀌어야 할 것이 정치 언어가 아닐까 합니다. 모범 사례를 들어볼까요? 백범 김구가 분단 고착을 염려하여 방북할 때, 서산대사 작품입니까? 하여튼 시를 외우잖아요.

　　눈 덮인 들길을 밟고 갈 때에
　　모름지기 그 발걸음을 어지러이 하지 말라

오늘 걷는 나의 발자국이

반드시 뒷사람의 이정표가 되리니.

근사하지 않아요?

이런 문화적 향기가 정치적 행위의 사려 깊음, 품위, 위엄 같은 걸 만들지 않을까 합니다. 차제에 시적 언어와 정치적 언어의 차이를 살피는 것도 꽤 중요할 거예요. 가령, 부정부패에 연루된 정치인이 청문회장에 불려나와 "존경하는 국민 여러분!" 합니다. 이 표현이 국민에 대한 존경심을 드러낸 거라고 생각할 사람이 있습니까? 되도록이면 성격이 투영되지 않은 언어들을 골라서 '안전빵주의적'으로 사용하는 것도 문화적 범죄라고 볼 수 있어요. 언어생활이 이렇게 가다 보면 머지않아 언어가 인간의 마음을 표현하는 것이 아니라 세속적 욕망을 관철하는 도구로 남김없이 전락해버릴지도 몰라요. 그런 의미에서 문학적 수사는 꽤 중요한 문제가 될 수 있습니다.

다시 말하지만 문학에서 수사법이 필요한 이유는 '낯설게 하기'를 위해서입니다. 그런데 여기서 생뚱맞은 질문을 던져볼게요. 낯설게 하기의 필요조건은 앞에서 얘기했습니다. 지각의 자동화 작용이 생활을 지워버리기 때문이었어요. 그렇다면 그 충족조건은 무엇이 될까요? '성격화'입니다. 어떤 사물이나 현상을 살아있는 것으로 받아들이기 위해서 작가는 그것을 '성격화'하려고 시도하고 또 그를 달성하기 위해 수사법을 사용해요. 살아 생동하는 것들은 모두 성격이 있습니다. 그래서 어떤 사물에 대한 표현이나 자기 현실 속에서 느낀 것을 글로 썼을 때 거기서 생동하는 느낌이 드는 것, 그것이 마치 실제 살아있는 물체처럼 느껴지는 건 이것들이 전부 성격이 투영되어 있어서 그러는 거예요. 예를 들어 "봄이 온다."를 살펴보세요. 봄은 맞는 것이지 오는 것이 아닙니다. 오고 가는 것은 생물체들이 하는 거란 말예요. "바람이 신음한다." "근심스러운 달 빛이 비추고 있다." 모두 마찬가지죠? 강은교 시집 『풀잎』에 "빈 뜰 이 무너진다."는 표현이 있습니다. 햇살이 기울면 빈 뜰이 무너지는 착시가 일어납니다. 산을 지나갈 때 겨울에 눈이 와서 오후가 되면 시각적으로 굉장히 소란한 움직임들이 느껴집니다. 왜냐하면 산이 라고 하는 것 속에는 나무가 들어 있어요. 판화로 치면 음각으로요. 그런데 눈이 와서 바닥이 하얗게 되면 나무줄기가 양각으로 드러나 요. 그래서 나무줄기가 산에 포함돼 있는 것이 아니라 바깥으로 드 러나는 거죠. 나무가 이렇게 음각으로 존재하다 양각으로 바뀌는 거예요. 그럼 산에 드리워진 선이 두 배로 늘어나요. 그때 햇살이 비치면 두 배이던 것이 다시 그림자에 의해서 네 배로 늘어납니다. 거기에 겨울 해 질 녘 그림자는 물체보다 길잖아요. 또한 해지는 속 도도 빨라서 그림자가 빠르게 움직여요. 그래서 산이 시각적으로 소란한 겁니다. "빈 뜰이 무너진다."는 표현도 그렇습니다. 뜰에 나 무도 있고 울타리도 있어요. 해가 지면 빈 뜰에 빛의 각도가 달라지 니까 그림자가 길어지거나 쓰러지죠. 이런 것들이 전부 성격화한 흔적들이죠. '강물이 옛일을 속삭이고 있다', '풀들이 찡그리고 있다', '파도는 물을 움직일 듯하다', '의자가 갈매기 소리를 낸다', '장화는 발에 신겨지기를 싫어했다', '유리가 땀을 흘렸다.' 모두 사물에 성격을 부여한 것입니다.

제가 이런 이야기를 하면 사례가 너무 신파적이지 않은지 묻는 이도 있습니다. 아닙니다. 철 지난 가요 중에 "할 말은 많은데 아무 말 못하고 돌아서는 내 모습을 저 달은 웃으리." 하는 노랫말이 있어요. 지금 세대는 이런 걸 유치한 신파라고 생각해요. 그렇지만 한 발짝만 더 들어가서 생각해보면 신세대적 감수성도 거기에서 별로 벗어나 있지 않습니다. 인간은 모든 사물에 인간적 성질을 부여하고 상상합니다. 신세대도 녹음이 짙어지는 현상을 풀이 '성장한다'고 하거든요. 이게 문학에 해롭다고 생각하는 사람도 있습니다. 신춘문예 심사위원도 어떤 작가는 현란한 수사 능력을 투고자의 잠재력으로 보거든요. 현란한 수사법들이 크게 성공을 거두지 못하더라도 "문예주의적 기질이 있네." 혹은 "미학적 감수성이 살아 있구만." 또 "식상한 것을 견디지 못하는 건 장점이야." 하고 생각하는 작가가 있는 반면, 현란한 수사를 늘어놓느라 애쓰는 것을 확인하는 순간 곧장 던지는 작가도 있습니다. 액세서리를 계속 붙여가며 "덕지덕지 화장만 하고 있다." 생각해서 과잉된 수사법이나 현란한 문체를 심각한 단점으로 생각하는 분들도 있어요. 그런 분들조차도 "추위가 살을 엔다." "오월이 왔다." 하기를 주저하지 않습니다.

성격 부여는 이렇게 문자예술에게 숙명적인 것입니다. 삶의 표현에서는 반드시 성격화시켜서 사물을 바라보고 이야기하는 게 당연

해요. 그래서 우리가 느끼지 못하는 거의 모든 문장들에 사실은 수사법이 뒷받침되어 있다고 볼 수 있습니다. 수사가 결핍되어 있으면 문장이 건조해서 낯설게 하기가 불가능해지고 삶의 생동감이 죽어 버리죠. 그러나 오용과 남용은 심각한 문제가 됩니다.

그럼 오용과 남용은 어떻게 해서 생겨날까요? 그것은 모든 사물에는 보편성이 있고 특수성이 있는데 이 둘을 교란시키는 데서 생겨납니다. 건강을 위해서 약을 먹어도 그걸 오용하면 오히려 건강을 해치잖아요. 문학에서도 살아 생동하게 성격화시키기 위해 수사법을 사용하는데 오용, 남용하면 원관념과 보조관념이 교란되는 겁니다. 예를 들면 부분을 전체로 바꿔치는 오류가 있어요. "우리 고향사람들은 모두 거짓말쟁이다." 서술자도 고향사람이란 말이에요. 그럼 이 말은 참입니까 거짓입니까? 그러나 문장에는 비논리적 현상도 있습니다. 또한 맞춤법이라고 하는 것도 글쓰기의 초창기에는 도움을 주는데 나중에는 방해가 되는 경우도 많아요. 저는 개인적으로 습작기의 작가가 비문을 너무 두려워해서는 안 된다는 생각을 가지고 있습니다. 정확한 문장을 쓰는 것은 중요하지만 꽤 많은 수가 맞춤법 노이로제에 걸린 나머지 "구더기 무서워서 장 못 담그랴"의 대상이 되기도 합니다. 맞춤법이라는 것은 문장을 통해 생겨난 거고, 문장을 발전시키는 건 말(구변)이에요. 그래서 말 속에서는 살아 생동하는데 글 속에서는 생동하지 않는 경우가 많아요. 이건 말 속에서 살아 생동하는 걸 글 속에 최대한 반영하려고 노력하는 수밖에 없어요. 그래서 지나치게 규칙에 얽매이지 말았으면 해요. 만약에 맞춤법이 최우선적 모범이 되고 표준이 돼서 글쓰기를 지배해왔다면 한국 산문의 최고 개성으로 내세울 수 있는 이문구의 산문은 가능하지 않을 것이며 고은의 시적 화법도 가능하지 않았을 겁니다.

고은의 글에 비문이 많다고 비판하는 분들이 있는데, 맞춤법 상으로는 수긍이 갑니다. 그러나 우리가 말 속에서 수사를 4단계, 5단계로 중첩돼서 나타나는 경우가 얼마나 많은지 몰라요. 제가 지금 여기에서 강의랍시고 하고 있지만 저희 고향에 가면 표현력이 부족해서 화투놀이에 끼지 못하는 경우가 허다합니다. 가령, 제 고향사람들은 자기 패가 화투를 칠 수 있는 상황인지 아닌지 밝혀야 할 시점에 "그 쪽은 상여집이여?"하고 물어요. 저희 어머니는 수박을 자르려고 하는데 한쪽이 푹 꺼져 있는 걸 보고 "오메, 수박이 배고파 버렸네." 하고 말합니다. 소설가 박범신도 어느 회고담에서 "숟가락 꼽아도 안 자빠지는 고깃국을 먹고 싶다."는 어머니의 말에서 문학적 동기가 발생했다고 고백한 적이 있어요.

어떤 소설에서 쓴 적이 있는데, 제가 군대 제대하고 취직을 못 해 시골집에서 백수 신세로 굉장히 답답하게 살 때의 일이에요. 동네 면 소재지에 다방이 있는데, 저희가 참 한심한 청춘들끼리 아침 느지막이 일어나서 출근하듯이 놀러 갑니다. 아침부터 집에 있으면 불편하니까, 사람들의 눈에 띄고 그러는 것들이 모두 집안 분위기를 망가뜨리고 그럴 때라 다들 다방에서 밤에 애국가가 나올 때까지 죽치고 앉아서 텔레비전 보고 노닥거리고 그럽니다. 저희 또래들이 그러려고 행차하는 걸 가리켜 다방 아가씨가 "솔시레파미레도 왔다."고 해요. '새벽에 토끼가 눈 비비고 일어나 세수하러 왔다가 물만 먹고 가지요'의 뒤 소절 계명이 '솔시레파미레도'입니다. 그 다방에서 농담을 잘하는 손님이 다방 아가씨가 바뀌는 날이면 꼭 이렇게 이야기합니다. "오리방석 하나 내 오시게." 그럼 반드시 당황하게 되어 있어요. "오리방석이 어떻게 생긴 방석입니까?" 하면 "오리가 가장 편하게 앉는 곳이 어디여?" 엽차 한 잔 가져오라는 말을 이렇게 한 겁니다.

이 같은 말의 진수는 특별히 옛날 약장사 굿을 찾지 않더라도 주변에서 쉽게 만날 수 있습니다. 누나들 이모들 할머니들이 하는 이야기, 또 일터마다 재담꾼들이 있어요. 장터에 가득 차 있는 언어들도 수사법의 3차원 4차원에 이른 게 많습니다. 어떻게 저렇게 적절하게 말할 수 있을까 싶은 현장에서 지금의 문학은 상당히 동떨어져 있는지도 몰라요. 풍자나 해학 같은, 뭐랄까 누르는 사람의 권력의 힘에 정면으로 대응할 수는 없고, 그렇다고 해서 그걸 수긍할 수도 없는, 바로 이런 곳이 풍자나 해학의 탄생지요 고향입니다.

이 같은 비논리적 현상 중에 "내가 아무것도 모른다는 것을 나는 알고 있다."가 있습니다. 소크라테스의 말이죠. 조금 전에 내 고향 사람들은 모두가 거짓말쟁이라고 했던 것과는 차원이 달라요. "내가 아무것도 모른다는 것을 나는 알고 있다."는 논리적으로 모순되지만 소통에서는 장애를 일으키지 않습니다. 조선시대 강일용이 쓴 시 구절인데요.

날아서 푸른 산의 허리를 베었다.

여기에 산이 있어요. 새 한 마리가 이쪽에서 날아갔어요. 백로가 날아간 것이 마치 무사가 칼을 써서 허리를 벤 것처럼 선을 딱 그었어요. 새 날아가는 모습이 보이지 않습니까? 맞춤법에 맞습니까? 문장론에 맞습니까? 날아서 푸른 산의 허리를 베었다. 이런 게 수사법이에요. 그래서 문장에는 비논리적 현상이 있기 때문에 그것을 반드시 논리적 정합성만 가지고 보아서는 안 된다는 겁니다.

아까 강조해서 드린 말씀입니다만 모든 수사는 성격화를 위해 존재하는 것이기 때문에 궁극적으로 성격의 지배를 받을 수밖에 없어요. 어떤 사람이 '외교관과 숙녀의 차이가 무엇입니까?' 하고 물었어요. 대답하여 가로되, '외교관이 [좋습니다] 또는 [그렇게 하지요] 라고 하면 [어쩌면 그렇게 할지도 모른다]는 뜻이고, [혹시 그렇게 할 수도 있습니다] 라고 말하면 [그렇게 하지 않는다는 뜻이다.' 이 외교관은 일본 문화라고 생각하셔도 될 거예요. '한번 만납시다' 했을 때 '오늘은 바쁘네요' 하면은 그것은 '만날 수 없다'라는 이야기인데, '혹시 바쁘지 않으면 만날 것이다' 라고 생각한 사람은 성격 파악을 잘 못한 거예요. 반대로 숙녀가, '한번 만납시다' 라고 했는데 '어쩌면 그렇게 할지도 모른다'고 하면 '좋다'는 뜻이죠. '좋습니다' 라고 말하면 숙녀가 아닙니다. 외교관이 이런 일을 해보면 어떻습니까. '그럴 수 없습니다' 하면 그건 이미 외교관이 아니에요. 왜냐면 상대를 무참하게 만들면 외교가 불가능해지잖아요.

여기에서 중요한 게 성격이 우선이라는 겁니다. 성격을 드러내는 데서 벗어나 수사만 현란한 걸 두고 곧잘 언어의 성찬이라고 비아냥대는 수가 있습니다. 굉장히 근사한 말이 퍼부어지는데 성격화는 잘 안 돼요. 이런 경우가 수사를 남용한 경우예요. 그래서 수사 자체를 배척하는 것은 성격화에 무능한 것이 되고, 성격화의 범위를 넘어서 수사를 남발하면 그것은 말의 사치가 된다 할 수 있겠죠. 그리고 지나친 사치는 당연히 검소한 사람들의 눈에 거슬리게 되는 거죠.

여우의 미의식, 두루미의 미의식

    이제 '개성 있는 형식'에 대해 얘기해볼까 합니다. 이것은 우리가 가장 잘할 수 있으면서도 가장 등한히 하고 있는 것에 속합니다. 자신의 몸에 담고 태어난 능력이거나 집안에서 자기도 모르게 터득한 것을 사용하지 못하는 경우예요. 미리 말하지만 삶에 대한 그 어떤 표현보다도 삶이 더 큽니다. 표현이라는 것은 그것이 아무리 대단해도 삶의 지극히 일부밖에 드러낼 수가 없지요. 그럼에도 예술은 길고 인생은 짧다 하는 이유는 훌륭한 표현은 당사자가 죽은 후에도 세상에 남아 회자되기 때문입니다. 그를 위해 가장 능란하게 할 수 있는 표현을 찾을 필요가 있다고 봐요. 근원이 있는 물이 멀리 흐릅니다. 자기 삶 속에 근원을 두고 있는 것들, 사실 이것이 모국어의 본령이에요. 작가들이 모국어라는 표현을 자주 쓰는 이유가 있습니다. 그냥 국어가 아니라 어머니에게서 배운 언어를 지칭하는 거예요. 어머니와 아버지의 삶을 통해서 전해져온 언어, 존재의 역사 속에서 형성된 언어, 이게 굉장히 중요합니다. 예를 들어볼게요.

4·19때 출현한 구호 중에 "'빵보다 자유를!"이 있습니다. 자유의 소중함을 강조하기 위해서 그것이 일용할 양식보다 중요하다는 메시지를 담은 건데, 빵이 그렇게 소중할까요? 조선 사람은 곡기를 먹어야지 빵만 먹으면 속이 쓰립니다. 이건 생득된 형식을 위반한 언어지요. 이 '빵'을 1980년대에 이르러서야 '밥'으로 바꿉니다. "밥보다 자유를!" 하면 느낌이 조금 달라지죠? 일용할 양식보다 존재의 존엄성이 더 소중하다는 실감에 접근해가는 것 같은가요?

　사실은 생득해 있는 형식이 고유의 형식인데, 우리는 이것을 자주 놓칩니다. 이를테면 지방대학교 학생들이 집에서는 사투리를 유창하게 구사하다가도 학교에서 연극을 할 때는 등장인물의 사투리를 잘 구사하지 못해 어색하게 만드는 경우가 허다합니다. 생득된 형식이야말로 자기 고유의 아이덴티티이고, 우리 문학의 가장 소중한 자양인데 우리는 이를 많이 방치해 왔습니다. 그리하여 글을 쓸 때마다 '학습'과 '생득'의 불화와 충돌, 반목을 일으키기 일쑤였어요. 각자 자기 언어의 근원을 형성하는 발원지의 물과 같은, 생득된 형식의 저수지이자 창고인, 민요, 속담, 구비문학의 여러 전통들을 사실은 계속 읽고 써야 해요. 그것이 필요 이상으로 멀게 느껴지지 않도록, 그것이 지나치게 익숙하기 때문에 낯설게 하기에 불리할 것 같지만 그것이야말로 낯설게 하기에 정말 유용한 것이라고 생각해도 됩니다. 그러면 내게 익숙한 형식, 내가 나면서 습득한 형식, 내가 자라면서 나도 몰래 간이나 쓸개처럼 내 신체의 일부로 자리 잡아 버린 형식, 이것들을 몇 개 차원으로 나눠서 이야기해보겠습니다.

가장 먼저 꼽을 것은 어휘에서 발견되는 생득적 형식입니다. 예를 들어서 서양 사람들은 "굿 모닝." 하고 인사하는데 우리는 "진지 잡수셨습니까?" 하지요? 전에 어떤 영화 자막에서 등장인물이 "진지 잡수셨는게라?" 하는 걸 "굿 모닝"이라 옮기는데 참 난처한 느낌이 들더라고요. "댓스 굿" 하는 사람과 "옳거니!" 하는 것 사이에는 엄청난 문화적 거리가 있는 게 사실입니다. 이런 건 같은 언어권 안에서도 비일비재해요. 제가 문단에 나온 것을 자세하게 소개할 때는 「배고픈 다리」 외 6편'이라는 말이 따라다닙니다. '배고픈 다리'라고 하면 흔히 '밥을 안 먹어서 다리에 힘이 없는 상태'를 연상합니다. 그런데 저의 '배고픈 다리'는 광주시 학동의 다리 이름이에요. 지금은 굉장히 부촌이 되어 있는데, 1980년대까지도 이곳은 이농민들 중에서도 서울까지 올라가지 못할 만큼 열악한, 도시빈민의 최하층에 속하는 사람들이 모여드는 곳이었어요. 그곳에 다리가 생겼는데, 공식적으로 다리 이름이 따로 있지만 아무도 신경 쓰지 않아요. 애오라지 배고픈 다리입니다. 왜냐하면 보통 다리는 중앙이 볼록하고 가장자리가 낮아서 비가 오더라도 물이 옆으로 흘러내려요. 그런데 '학2동교'라고 새겨진 이 다리는 복판이 오목하게 들어가 있어서 비가 올 때마다 물이 고여 차라도 지나가면 물벼락을 피할 수 없는 거예요. 서울에도 오목교라는 다리가 있는데 왜 사람들은 그 다리를 오목교라고 부르지 않았을까요? 가까운 거리에 배부른 다리도 있었으니까 요철교라고 부를 수도 있었는데 말입니다.

아마도 그들에게 늘 가까이 있는 감정이 배고픔이었을 거예요. 그래서 굶주린 이미지가 먼저 왔는지, 공식 지명이 따로 있음에도 불구하고 '배고픈 다리'를 물으면 그곳을 가르쳐 줍니다. 택시 운전수도 두말없이 데려다줘요. 사실 이런 표현은 민요의 성과들이 그렇듯이 수많은 삶과 체험 속에서 어머니들의 입에 닳고 닳아서 만들어지기 때문에 문화유산이라 할 만한 보고(寶庫)에 속합니다. "아프리카에서 노인 하나가 죽는 것은 도서관 하나가 사라지는 것과 같다."는 말이 있어요. 이런 언어들을 가지고 세상을 살아온 할아버지 할머니들이 죽는 것은 우리 문학의 보물창고가 하나씩 철거되는 것과 같습니다. 이분들이 만들어 놓은 꽃이름, 풀이름, 벌레이름은 생물 도감에서 만나는 것과 차원이 다릅니다. 이현세 만화에 「며느리밥풀꽃에 관한 보고서」라는 게 있었죠. 얼마나 예쁘고 실감이 납니까? 이렇게 생득된 형식을 찾아서 쓰는 것이 작가의 개성과 저력을 드러내는 데 큰 역할을 해요.

배고픈 다리, 며느리밥풀꽃 같은 언어 형식은 비단 낱개의 어휘로만 존재하는 게 아니라 독자적 어문구조로도 존재합니다. 중학교 때 영어 선생님이 새로운 단원이 시작될 때마다 다이얼로그를 암기시키면서 꼭 했던 말이 있어요. 새로운 어문구조 하나를 외울 때마다 수많은 문장 표현이 가능해진다는 거예요. 어문구조가 굉장히 중요한 언어 유산이라고 생각되지 않아요?

여기에서 잠시 그 이야기를 하고 갑시다. 오늘날 지구촌 제1의 언어는 무엇일까요? 인구점유율로 살펴서 중국어, 즉 한문이라고 합니다. 그러나 영향력이 큰, 유능한 언어로는 영어를 꼽을 거예요. 어떤 이들은 이게 미국 영향력 때문이라고 말합니다. 그러나 사실은 미국을 절대적 표본으로 인식하는 한국에서마저 미국 영어는 사투리이고 영국 영어는 표준말이라고 한단 말이에요. 무엇 때문일까요? 영국 영어가 셰익스피어를 가지고 있기 때문입니다. 셰익스피어가 왜 그렇게 중요할까요? "죽느냐 사느냐 그것이 문제로다." 이런 것 때문에? 옳아요. 그런 것 때문입니다. 셰익스피어가 구축한 그런 어문구조들 때문에 뒷세대가 영어를 통해서 문학적 인식, 과학적 인식, 철학적 인식, 나아가 오락 관광 법률 비즈니스 등이 가능하도록 능력 있는 언어를 구축하게 됐어요. 같은 원리로 러시아어의 능력을 확대한 이로 푸시킨을 꼽고 한국어의 능력을 확장시킨 이로 김소월을 꼽습니다. 시라고 하는 장르는 짧은 문장으로 복잡한 세계를 담아놓기 때문에 각기 언어가 도달할 수 있는 최고의 어문구조들을 확보해서 재산으로 간직하게 만들어 놓습니다. 제가 김소월의 언어능력에 대한 설명을 아주 잘해둔 글을 읽은 적이 있습니다.

비가 올 듯 흐린 날 〈왕십리〉 전문을 웅얼웅얼 반복해서 암송하다 보면 정말 비가 추적추적 내리고 습기 먹은 심란한 바람이 발목을 스치며 '휘–' 돌아나가는 느낌을 준다. 어떻게 그런 느낌이 만들어지는 걸까?

우선 첫 연의 어미변화에 주목할 필요가 있다. 오다는 '온다/오누나/오는/올지라도, 왔으면'으로 미묘한 어미변화를 반복하고 있다. 이 어미변화의 반복이 행갈이와 맞물리며 무슨 주문처럼 추적추적 비가 오는 느낌을 만들어낸다.

그런데 첫 연 마지막 행의 '왔으면'은 내리는 비의 수직 방향 운동을 나타내면서도 또 다른 방향의 움직임을 암시하고 있다. 추적추적 내리는 비가 한 닷새 왔으면 좋다고 하는데 여기에는 비가 아닌 다른 무언가가 와서 오래 있었으면 하는 소망도 들어 있다. 그 무언가는 2연의 "여드레 스무날엔/온다고 하고/초하루 삭망이면 간다고 했지"로 볼 때 사랑하는 사람이다. 사랑하는 사람이 잠시 온다고 하고 그리고 아쉽게도 금방 간다고 하는데 내리는 비가 오래오래 내려 그 님을 오래오래 붙들어줬으면 좋겠다는 것이다. 따라서 첫 연의 마지막 행 "왔으면"은 '비가 왔으면'이면서 '님이 왔으면'이기도 하다. "왔으면"은 수평 방향에서 오는 님을 수직 방향으로 내리는 비로 묶어두는 거멀못이다. 이 시의 화자는 그 거멀못의 자리에서 하염없이 내리는 왕십리 벌판의 비를 바라보고 있다.

-『김진경의 신화로 읽는 세상』 중 「김소월의 시를 다시 읽는다」에서

이 글은 유목민의 신화와 김소월의 관계를 설명한 글인데 아주 재미있습니다. 또한 중요합니다. 한 곳을 더 읽어볼게요.

우리말에서 바람은 참 표현하기 어려운 미묘한 것을 표현할 때 많이

쓰인다. '하는 바람에', '바람나다', '바람피우다', '바람 들다', '신바람 난다', '무슨 바람 불어서' 등등이 모두 무어라 꼬집어 말하기 어려운 것을 표현하는 말들이다. 우리말은 앞의 시에서도 보았듯이 바람의 미묘한 움직임과 느낌을 잘 표현할 수 있는 말이다. 우리말의 특징을 몇 가지 든다면 동사·형용사 등의 어미변화, 조사·부사어의 발달, 의성어·의태어의 발달 등을 들 수 있을 것이다. 이런 특징들은 바람의 미묘한 움직임과 느낌을 표현하는 데 알맞은 것들이다.

지상에 우리말을 사용할 줄 아는 사람이 약 1억 명으로 추정된다 합니다. 남북 합해서 7천만, 해외에 2천만, 그밖에 한국어를 습득하여 최소한 김소월의 시를 알아듣는 사람을 1천만으로 추정하는 거겠죠. 1억 명이 김소월의 시를 알아듣는다는 건 보통 일이 아닙니다. 왜냐하면 김소월의 시는 지금도 학자들이 해석 논란을 벌일 만큼 의미망을 분석하기 어렵기 때문이에요. 그런데 말로 설명할 수는 없지만 가슴으로는 그냥 전달받아요. 감수성으로는 전달되는데 이론적으로 해석하기는 어려운 거죠. 그래서 김소월의 시에 나타난 어문구조를 한국의 가요들이 광범하게 차용하고 있어요. 아마 노래방에 가서 김소월의 시 100퍼센트 노래부터, 90퍼센트가 김소월의 시이고 10퍼센트를 가공한 노래, 또 80퍼센트, 70퍼센트의 어문구조를 사용한 노래까지를 부르려고 들면 2박 3일로는 모자랄 거예요. 한국 가요의 태반이 김소월의 어문구조 치하에 놓여 있다는 얘기에요. 이게 얼마나 중요한 문화유산인지 이해가 되지요?

이제 잠시 우리가 생득적으로 얻은 어문구조의 특징을 살펴볼까 합니다. 역시 가장 먼저 꼽을 것은 대구와 대조일 거예요. 우리의 민요와 속담은 태반이 대구와 대조로 되어 있습니다. "까마귀 날자 배 떨어진다." "길은 멀고 해는 짧다." 대조하고, 대구하고, 묻고, 답하고를 지속적 현재진행형으로 엮어가는 언어습관이 우리에게는 잘 훈련되어 있어서 그런 문구가 아주 친근하고 쉽게 전달됩니다. 그래서 좀 얄미운 현상이기도 한데, 한국 근현대사의 비애는 사라져 버리고 유흥성, 오락성만 강화된 최근 트로트들이 생득된 어문구조를 상습적으로 활용하고 있어요. 그 작가들이 대중의 귀에 쏙쏙 박히는 형식을 매우 잘 찾아내고 있다고 볼 수도 있을 거예요. 한 예를 들자면, 나훈아가 불렀던 〈갈무리〉라고 하는 노래가 있지요? 가락 리듬 가사 모두 강력히 생득적 형식을 타고 있습니다. 시종 "내가 왜 이러는지 몰라. 이래선 안 되는 줄 알아. 알면서 왜 그런지 몰라."와 같은 '알아'와 '몰라'의 구조로 대조, 대구를 반복하고 있어요. 그래서 사람들이 가사를 외우려고 받아 적을 필요도 없이 그냥 자동적으로 암기해 버리는, '뼈에 스며드는 친근감'이라고 말하지 않을 수 없어요.

　그런가하면 서술 방식에서도 생득적 형식이 존재합니다. 어렸을 때 저희 집이 주막을 했어요. 그래서 부엌일을 많이 했는데, 가끔 그릇을 빌려가는 사람도 있고 우리가 빌려오기도 했어요. 어느 날 어머니가 옆집에 가서 접시를 찾아오라고 해요. 제가 찾아와서는 한참 일하고 계시는 어머니를 향해 말했어요. "엄마 어디다 둘까요?" 그랬더니 어머니가 한심스러운 표정으로 "들고 서 있어라." 합니다. 저희 어머니의 입에서는 이렇게 풍자와 해학이 한꺼번에 응축된 표현이 거의 펌프에서 물이 뿜어져 나오듯이 터져 나와요. 생각해보면 상대는 자식이고, 잘못도 비난을 살 만한 정도의 것은 아닌데, 상황 자체는 절박하니 반드시 고쳐야 될 일이란 말예요. 그래서 여러 개의 수사적 차원이 겹친 표현들을 다량 생산하지 않을 수 없었을 거예요. 저는 서술을 할 때 이런 정도의 차원, 여러 개의 중간 단계를 건너뛰어서 여백의 감칠맛이 가득 차 있으면서도 쉽고 명쾌한 글을 써볼 수 없을까 고민할 때가 많습니다. 사실, 직설적으로 들이대지 않는 서술 구조와 방식, 이런 것들이 지금 우리에게 상당히 부족하잖아요. 여기서 그 문제를 꼭 상기하고 싶은데, 앞에서 언급한, 『김진경의 신화로 읽는 세상』이라는 책에 게재된 「바람의 미학1-김소월 읽기」와 「바람의 미학2-백석 읽기」는 모국어 문제를 이해하는 데 매우 중요한 글입니다. 그는 이 글에서 19세기 말에서 20세기 초에 쓰였던 우리의 문체를 대략 네 가지로 나누어서 설명하는데 작가라면 이를 충분히 생각해볼 필요가 있어요.

첫째는 황현의 『매천야록』으로 대표되는 순한문체인데, 유교이념에 투철한 선비의 문체이지요. 매천의 「절명시」를 마지막으로 역사의 뒤안길로 사라집니다. 선비는 강도와 맞서 목숨을 걸고 싸우거나 끝내 힘이 미치지 못하면 자결을 택하는데, 매천의 문체는 자결을 택했습니다.

둘째는 유길준의 『서유견문』에서 비롯되는 일본어 번역 투의 국

한문 혼용체입니다. 일본 문장의 한자들은 그대로 놔두고 가나로 된 부분을 한글로 바꾼 문장에 가까워요. 이 문체는 개화파들의 문체였고, 말기를 제외한 일제강점기에는 공식 문체가 되었으며, 국한문 혼용이 대세였던 우리 세대에까지 영향을 미치고 있습니다.

셋째는 단재 신채호로 대표되는 진보적 선비들의 문체예요. 이를 중국판 일본어 번역 투의 문체랄까, 신채호로 대표되는 진보적 선비들은 중국이란 여과기를 거쳐서 문체를 받아들인 겁니다. 중국 대륙에서 항일무장투쟁에 나선 분들처럼 이 또한 일제강점기에 죽거나 해방 이후에 정치적으로 제거되었습니다.

넷째는 《독립신문》에서 시작된 순 한글체예요. 이는 영어 번역 투의 문체로 출발했다가 이광수의 『무정』에서 완성된 꼴을 갖추게 됩니다. 터무니없이 거칠고 한문투가 많이 섞인 글이 사용되던 환경에서 갑자기 『무정』의 세련된 문체가 나타난 이유는 번역 투의 문체라는 데 있습니다. 이게 이후 한국소설의 문체로 자리 잡았습니다.

김진경은 서울 토박이 말투를 도입한 염상섭 소설의 문체나 한문 투가 남아 있는 충청도 토박이 말투를 끌어들인 이문구 소설의 문체도 영어 번역 투 순 한글체에 대해 방언적 지위를 갖는다고 말합니다. 여기서 그런 왜소성을 벗어날 가능성을 갖는 유일한 소설로 홍명희의 『임꺽정』을 꼽습니다. 일제 말기에 활동했던 조선어학회에는 두 가지의 학맥이 존재했대요. 최현배를 필두로 영어문법을 한국어에 적용하는 흐름과 홍기문을 필두로 한국어의 자료를 최대한 수집하여 독자적 문법의 법칙을 찾아내려는 흐름으로요. 홍명희의 『임꺽정』이 후자의 산물인데, 훗날 이것들이 각각 남쪽과 북쪽으로 분산됐으니 우리의 모국어는 분단의 최대 피해자가 되고 만겁니다.

그렇게 해서 내부 결손이 생겨난 소설 문체에 대해서 김지하 시인도 언젠가 문제 삼은 적이 있어요.

지금 유통되고 있는 문체구조는 대체로 아까 기승전결 문제를 이야기했지만 객관적 관찰 구조입니다. 객관적 관찰 구조가 한국 문학이 주로 사용하고 있는 문체 구조예요. 이야기 구조라 하더라도 관찰자가 따로 있어서 사물의 움직임을 관찰하는 식입니다. '재떨이가 있었다. 그는 재떨이에 담배를 비벼 끄면서 눈을 번쩍 떴다.' 이런 식입니다. 그 사람의 움직임을 계속 관찰하는 어떤 눈이 있는 거예요. 그런데 문제는 이 눈이 잘못되었다는 것이 아니라 그 움직임을 바로 파악하는 객관적 전체적 파악 방식이 그 사람의 움직임을 단위, 단위로 끊어 차곡차곡 냉동시켜서 챙겨서 자기가 생각하는 주제를 감동적으로 표현하기 위한 건축공사를 하고 있다는 것입니다.

한마디로 말해서 '축조적'이라는 겁니다. 축조적인 문장으로 살아있는 삶을 그리기는 어렵습니다. 소설가들에게는 상당히 큰 고민거리가 아닐 수 없습니다.

또한 이 같은 문제를 운율의 측면에서도 살필 점이 있습니다. 우리에게 아주 익숙한 운율, 내면의 심층에 담겨 있는 미감을 자극하는 가락, 이런 것 중 대표적으로 꼽을 만한 것은 '두 번 반복에 한 번 더 반복'하는 운율입니다. 달아 달아 밝은 달아, 새야 새야 파랑새야. 대부분 두 번 반복하고 뭘 하나 덧붙여서 한 번 더 반복하죠. 이것이 구비문학에서 가장 많이 만날 수 있는 형식이자 새롭게 변주되는 것들의 원형으로 깔려 있는 형식 같아요. 가령, 서정주의 「행진곡」에도 "모가지여, 모가지여, 모가지여, 모가지여' 하고 모가지가 네 번 반복되는 사실은 그것도 음폭으로 보면 두 번 반복에 한 번 더 반복입니다.

　생득적 형식을 이야기할 때 사실은 성격도 우리의 것이 있습니다. 물론 시대에 따라서 삶의 형식도 바뀌고 그에 맞추어 성격도 계속 변화할 것이 당연하지만 근대적 성격이 발현되는 양상을 보면 사회마다 뚜렷한 특성을 보이는 게 분명합니다. 가령, 미국 영화는 대부분 바깥에서 흘러 들어온 사람이 주인공이 돼요. 외지에서 나그네 하나가 흘러 들어오면 토박이들이 어떻게 하겠습니까? 당연히 자기들의 질서 안으로 흡수해야 하니까 군기를 잡으려고 들죠. 그럼 밖에서 흘러 들어온 사람이 기존의 질서에 포함되기 싫으니 피하게 돼요. 토박이는 건드리고 나그네는 참고, 그러다가 더 이상 참을 수 없는 상황을 맞으면 이제 화를 냅니다. 그것이 어느 정도인가 하면 토박이 질서 전체를 초토화 시킬 만큼 강력합니다. 그런가 하면 중국적 서사는, 사회주의 중국에서 발생한 것이나 자본주의 중국, 그러니까 홍콩에서 태어난 것이나 대부분 공통된 게 있어요.

저잣거리에서 불이익을 당한 사람이 와신상담 하고 역량을 닦아서 다시 시장으로 나오는 거예요. 그리고 천하를 다시 통일하는데, 이건 미국식 서사와는 거의 대칭을 이룬다 할 만큼 전망이 다릅니다. 한국적 서사도 자본주의 대한민국의 것이나 사회주의 북한의 것이나 상당히 비슷한 특성을 가지고 있어요. 대개 감성이 풍부하고 연민이 많은 인간형이 중심에 서지요. 그래서 배은망덕한 사람에게 애정을 보냅니다. 그런데 애정을 받는 사람은 철없는 짓을 계속 해요. 그래도 잘 해주고, 잘 해주고, 계속 울면서 잘 해줘서 마침내 비극적 관계가 수정될 때까지 가버리는 구조, 이게 근대적 인간형이 아니었던가 싶어요. 서부 개척 시대가 만들어 놓은 성격과 중국처럼 넓고 다양한 민족이 섞여서 형성된 성격과 외세, 전쟁, 수난, 시련, 비애 같은 환경이 만들어낸 성격들이 전부 자기 사회를 반영하고 닮아간 탓이겠죠. 여기서 중요한 것은 어휘부터 어문구조, 감정형태까지 생득적 형식이 있고 학습된 형식이 있다는 점이에요.

문학작품이 앓는 질병에 대하여

이제 마지막으로 '변주(變奏)'와 '작벽(作癖)'에 대해서 이야기할까 합니다. 사실 이것들은 공식적으로 쓰는 말이라기보다 평론이나 작자 메모, 작가들의 술좌석에서 나오는 용어인데요. 시에서는 주로 변주라 할 만한 현상이 많고 소설에서는 작벽이라고 부를 만한 현상이 잦아요. 가령, 어떤 시를 발표해서 조금 긍정적인 평가를 들으면 그 형식으로 마치 국화빵을 찍듯이 반복하는 경향을 변주라 하고, 작벽은 소설에서 약간 긍정적인 반응을 얻었던 방식의 글쓰기를 버릇처럼 반복하는 것을 일컫습니다. 여기에서 중요한 것이 무엇이냐면, 변주와 작벽은 정확하게 문학의 질병에 속한다는 거예요. 예술에서 가장 극복해야 할 버릇이 되겠죠.

예술가들이 굉장히 많은 스트레스에 시달리는 건 사실이에요. 소통이란 언제나 상대가 있는 법이고, 그로부터 긍정적인 반응을 얻어야 하기 때문에, 더러 주체성을 잃고 평가 의존적 태도를 갖다 보면 이미 검증된 형식을 반복하는 습관이 생기게 되죠. 그래서 계속 똑같은 창법을 반복하고 있으면 예술적 감수성은 퇴행하기 시작하겠죠. 이건 질병이에요. 마치 고장 난 축음기판이 반복해서 도는 것처럼 지겨운 게 어디 있습니까. 예술에서 제일 중요한 건 비반복성입니다. '낯설게 하기' 역시 비반복성에서 나와요, 이것이 예술의 본질이기 때문에 반드시 식상하지 않게 계속 끝없이 새 길을 뚫고 가야만 합니다.

그것을 극복하려면 꼭 알아두어야 할 속어가 있어요. 제가 '안전빵주의'라고 했던 말이에요. 특별히 좋은 작품을 쓰지는 못하더라도 대충 체면치레는 하고 갈 수 있는 작품을 쓰려고 궁리하다 보면 자기가 써오던 방식 중에서 가장 잘 통하는 무난한 형식을 남발하게 됩니다. 김수영의 산문에서 읽었던 기억이 나는데, "실패작은 얼마든지 있을 수 있다. 그러나 태작이 있어서는 안 된다." 안전빵주의는 문학의 생명력을 축내는 것 중 하나입니다. 끝없이 새로운 길을 찾아나서야 합니다. 거기에 대한 해결책의 하나로서 한설야가 했던 말 같아요. "작가는 무사가 칼을 쓰듯이 언어를 사용해야 된다." 무사가 칼을 쓸 때 어떻게 합니까? 목숨을 걸고 칼을 휘두르는데, 관중의식 하느라 대략 그럴싸한 자세를 취할 수 있겠습니까? 예술이 잘 되지 않을 때 자기의 생명력은 포기하고 관중의 기대에 적당히 부응하려고 계속 작아지고, 작아지고 하다보면 예술가로서는 아무 쓸모없는 자리에 이르고 마는 수가 허다합니다. 대범하게 자기 진실을 정면으로 들고 달리는 무사처럼 붓을 휘둘러야겠죠.

창작 실제에서 겪는 문제들에 대한 이야기는 여기까지 하겠습니다.

4장

창작이 끝난 뒤 - 합평회

돌잔치 이야기

창작수업이 어느덧 막바지에 이르렀습니다. 어떤 일을 끝낼 때 마무리하는 일정으로는 뭐가 좋을까요? 문득 그 생각이 나는데, 칭기스칸이 장수들에게 세상에서 가장 행복할 때가 언제인가 물은 적이 있어요. 그 자신은 전쟁이 끝났을 때 동지들이 모여서 무용담을 나누는 시간이 가장 행복하다고 말했습니다. 종류는 다르지만 한 차례 대전투를 치르듯이 글을 쓰고 난 다음에도 그렇지 않을까 생각해봅니다. 글 쓰는 사람에게 가장 필요한 것은 창작을 돕는 사람이 아니라 창작된 작품을 읽어주는 사람일 겁니다. 조선시대 선비들도 그런 기쁨을 놓치고 싶지 않아서 자주 시회(詩會)를 열었어요. 아마 그 현대판이라 부를 만한 것을 합평회라고 할 수 있을 거예요. 제가 애초에 창작 실제에 대한 수업을 하게 된 것도 어느 합평회 강의가 동기가 됐습니다.

제가 문학 동아리 구경을 좀 많이 했습니다. 학생 동아리, 청년문학회, 노동자문학회, 각종 문예아카데미 등등을 유지, 발전, 지탱시

194

키는 힘이 바로 이 합평회에서 나옵니다. 문예창작과 수업도 합평회 식 강의가 중심이라고 할 수 있죠. 그런데 사실 합평회가 잘 되는 곳은 아주 드뭅니다. 합평회란 순식간에 문학적 역량을 높이는 중요한 활동이지만 이게 잘되기가 어려운 게, 글을 쓰는 자리는 절박한데 글을 읽는 자리는 상당히 안일해서 창작과 논평의 불균형이 클 수밖에 없어요. 게다가 그런 불균형을 고치기보다 때로는 그걸 견디는 미덕이 필요하기조차 합니다. 그래서 사실 합평회에서 마음의 상처를 입고 문학을 그만두는 경우도 상당히 많습니다. 창작의 주체를 단단하게 만들려고 준비한 자리가 거꾸로 창작의 의지를 파괴시키는 현장으로 변질되는 건데요. 이걸 슬기롭게 극복해가는 경우를 보기란 쉽지 않아요. 이제 그 문제를 이야기해볼까 합니다.

합평회란 여럿이서 나누는 작품 평가회를 말합니다. 글을 쓴 사람이 작품을 보여주고 싶은 이유는 무엇일까, 아마 여기에서 이야기를 시작하는 것이 좋을 것 같아요. 케테 콜비츠라고 하는 독일의 화가가 있습니다. 가난한 사람들을 위하여 판화운동을 일으킨 아주 유명한 여성 화가지요. 그 분이 썼던 일기에 이런 구절이 있어요.

괴테의 편지에서 놀라운 구절을 읽었다. 나의 소망은 단지 내가 방황하는 아름다운 모습으로 나에게 마주 걸어오는 것을 실제로 한 번 보는 것이다.

'내가 나에게 마주 걸어오는 모습을 보고 싶은 소망'을 사람이면 누구나 한 번쯤 가져봤을 거예요. 나의 참모습을 내려다볼 수 있다면, 나의 영과 육을, 내가 내 몸을 빠져나와서 객관적으로 바라볼 수 있다면 얼마나 좋을까? 이런 욕망을 스스로는 달성할 수 없지만 동료와 함께 누릴 수 있다면 더없이 좋을 겁니다. 그리고 그게 가능해야 문학에서 창조적 에너지가 솟는 관계망을 형성하는 게 가능하리라 봅니다. 만약 그 때문에 생겨난 자리가 합평회라면 합평회에서 하는 '작품 평가회'에는 단지 작품만 던져져 있는 게 아니라 그걸 쓴 작가도 함께 나와 있다는 사실부터 염두에 두는 게 좋을 것 같습니다.

창작이란 무엇보다도 '낡은 나'가 '새로운 나'로 태어나는 행위가 전제됩니다. 인간은 사유하기, 말하기, 글쓰기를 통해서 세계에 대한 인식을 심화시켜 가요. 당연히 사유하고 말하고 글 쓰는 과정은 늘 살아서 움직이는 영혼 혹은 생명의 진행을 뜻하지요. 낡은 나가 새로운 나로 태어나는 과정이 원고지 위에서 이뤄지는 것이니 작품은 그 영혼의 발자국 같은 것이라 봐도 되겠지요. 그리고 이는 또한 작품이라는 사회적 재산을 창조하는 행위이기도 합니다. 그렇다면 합평회는 그 두 가지 차원의 결과를 동료들과 함께 점검하는 자리가 되겠죠. 우리가 평소에 아무개는 예쁘게 생겼다 그렇지 않다, 누구는 똑똑하다 아둔하다, 혹은 옳다 그르다 따위의 논평을 자칫하면 상대의 존엄성을 헤치기 때문에 극도로 자제합니다. 그런데 작품에는 한 인격체의 몸과 마음의 총체가 담겨 있어요. 존엄하기로 치면 그보다 더한 것이 없을 거예요. 까닭에 그것을 함부로 취급하면 거기서 오는 낭패감이랄까 상처가 극심할 수 있어요. 그렇다고 상호 칭찬이나 해주기로 타협하는 것은 얼마나 낯 뜨거운 자기기만이 되겠습니까?

합평회란 대개 준비 없이 뛰어들기 마련이지만, 그에 값하는 내용을 채우기는 쉽지 않습니다. 작품을 놓고 객관적으로 말할 수 있어야 하는데 자꾸 감정이 실리게 되고, 어떤 경우에는 지나치게 상대를 배려하다가 할 말을 못 하기도 해요. 글을 잘 썼다는 말을 듣지 않고 싶은 사람은 없겠죠? 그 욕구를 충족하기로 들면 합평회를 할 필요가 없어지죠. 그래서 엄격해야 하는데, 또 그걸 혼내는 기회로 이해하면 문제가 복잡해집니다. 그래서 종종 글을 안 쓰는 사람이 최고가 되는 수가 있어요. 그 사람은 지적을 받을 일이 없거든요. 실천이 없으면 오류도 없다고 하죠. 그래서 지적받을 게 없는 사람은 마음 놓고 다른 사람의 작품에 시비를 걸어요. 이런 풍토가 일반화되면 동아리가 깨지는 수밖에 없겠죠. 그래서 합평회가 활성화되려면 세 가지 정도 규칙을 지켜야 합니다. 첫째가 반드시 창작자의 입장을 견지해야 한다는 겁니다. 작품을 써온 사람은 뭔가 잘못한 사람이고, 읽어주는 사람은 뭔가 혼낼 권한이 있는 사람이 아니에요. 판사가 피고를 대하듯 할 것이 아니라 환자가 다른 환자를 만나듯이, 즉 같이 앓는 자의 눈으로 읽어야 한다고 말하고 싶습니다. 그렇지 않으면 합평회 자리에서 올바른 소통이 되지 않습니다. 아마 가장 훌륭한 이웃에 대한 에피소드를 무라카미 하루키 소설에서 읽었던 것 같아요. 어떤 단편이었는지 기억이 안 나는데, 하여튼 살짝 언급되는 정도에 불과한 작은 에피소드였어요. 이웃의 아픔을 열심히 들어주는 사람이 있어요. 누가 속마음에 있는 이야기를 하면 그 사람이 너무나 열심히 들어주기 때문에 주변에서 무슨 일이 있을 때마다 찾아와서 하소연을 해요. 그래서 열심히 들어주고 나면 다들 마음이 후련해져서 돌아갑니다. 아픔을 더는 것 같고, 상처가 치유되는 것 같아서 고민이 있을 때마다 말을 하고 가니까 나중에 그 사람이 죽고 말았어요. 너무 많은 아픔을 전가 받은 나머지 죽고 만 거죠. 이런 태도를 가진 이가 주변에 있으면 아픈 자는 굉장히 행복할 것입니다. 합평회도 마찬가지예요.

두 번째로 갖춰야 할 것이 따뜻하게 비평하고 감사하게 수용하는 겁니다. 이게 말처럼 쉽지 않아요. 구체적으로 얘기해 볼게요. 글을 써 온 작가는 넥타이를 처음 매본 사람처럼 하는 것이 좋습니다. 사내들은 군대 막 제대해서 친구들이 결혼할 때 처음 넥타이를 매는 경우가 많아요. 처음에는 분명히 설명하는 대로 매는데 잘 매졌는지 아닌지 알 수 없어요. 자기 모습을 볼 수 없기 때문에 거울을 살펴보지만 그래도 마음을 놓을 수 없어요. 그래서 주변 사람들에게 확인하게 되죠. "어때 괜찮아? 잘 맸어?" 하면 그때 보고 "아, 근사하게 잘 매졌어" 해야 마음이 놓이죠. 동료의 눈을 통해 검증이 되고 나야 타인의 시선 앞에서 자유로워져요. 그러니까 작가가 스스로 물어볼 수 있게 되려면 따뜻한 눈으로 읽어줘야 하는데 이때 따뜻한 눈이 어떤 걸까요? 자식을 수학여행 보내는 어머니처럼 읽는 게 그거예요. 수학여행 보내는 어머니가 자식의 일거수일투족을 읽을 때 얼마나 애정 어린 눈길로 읽습니까. 저 아이가 집에서만 생활하다가 4박 5일로 어디로 떠난단 말예요. 그러면 준비물도 잘 챙겨야 하는데 마음을 놓을 수 없어요. 그래서 어머니가 꼬치꼬치 점검하죠. 이건 챙겼어? 저건 가방 속에 잘 넣었어? 이러는 어머니의 눈길을 간섭 내지는 부당한 개입이라 해서 아이가 자존심을 다치거나 마음의 상처를 입지는 않잖아요. 인간의 오류를 비추는 거울은 동료의 눈이 유일합니다. 그래서 합평회라고 하는 것은 형량 몇 년을 부과하기 위한 자리가 아니라 자기가 쓴 작품을 바깥세상에 던져놔도 되는지 아닌지, 내놓고 부끄러워해도 되는지 아닌지 알아보는 것이거든요.

그 다음에 또 중요한 것이 토론의 목적을 분명히 하는 겁니다. 합평회를 하는 이유는 간단합니다. 글을 더 잘 쓰게 하자는 것이 목적이에요. 그러려면 장단점을 잘 찾아줘야 해요. '아 이렇게 해보니까 되는구나.' '어떤 의도는 내 의지와 상관없이 사람들에게 전달되지 않는구나.' 이런 것들을 잘 밝히려면 '표현을 단호하게'가 아니라 '장단점 찾는 일을 단호하게' 하는 것이 아주 중요합니다. 작품의 장점, 단점을 낱낱이 점검해주지 않고 서로 예쁘다, 좋다, 훌륭하다 띄워주기만 하면 나중에 밖에 나가서 골탕을 먹겠죠. 그런 건 게으르게 하면서 표현만 거칠게 하여 글쓴이의 마음에 상처를 입히면 다시는 문학하는 사람들과 어울리고 싶지 않겠죠. 사실 그런 경우가 상당히 많습니다.

그래서 합평회에서 경계할 것 중 하나가 '열매 없는 흥분'이에요.

합평회라고 하는 게 그냥 아무렇게나 하면 몰라도, 그렇지 않은 이상 반드시 사람들을 흥분시킵니다. 대부분의 합평회는 그냥 해산되지 못하고 뒤풀이 자리를 만들어놓기 마련이에요. 흥분의 도가니가 될 수밖에 없어요. 그래서 더욱 합평회의 열기가 열매 없는 흥분으로 가는 걸 조심해야 됩니다. 금지해야 할 것 중 하나가 글을 잘 쓰게 하는 효과는 없고 마음을 상하게 하는 데만 위력이 큰 언어들입니다. 글을 쓴 사람은 합평회를 할 때 모든 신경이 읽는 자의 반응에 쏠려 있어서 그의 눈길이 어떤 구절을 지나가고 있는가를 느낄 만큼 예민한 상태인데, 거기에다 대고 생각 없이 한마디씩 툭툭 던져서 '그럭저럭 읽을 만하네' 하는 식의 말을 하면 무성의한 태도가 뼈에 닿는단 말예요. 한술 더 떠서 난폭하고 거친 언어들을 사용하면, 다시는 글을 써서 내놓고 싶지 않겠지요. 마음을 상하게 하는 데만 위력이 큰 언어, 잘난 척하고 싶어서 내놓는 허장성세의 언어, 거창한 공격언어를 남발하면 안 되는 이유예요. 그렇게 되면 합평회가 기(氣)싸움이 됩니다. 치열하게 토론하고 논쟁했는데, 나중에 보면 하나 마나 한 언쟁이었다고 느껴지는 경우가 허다합니다. 합평회의 분위기가 따뜻하고, 꼼꼼히 점검되면 작품 쓰는 데 굉장한 도움이 되겠지요? 이제 그를 위해 합평회의 바람직한 경로에 대해서 생각해 볼까 합니다.

사실 작품의 소감을 말하는데 무슨 경로가 필요할까 생각되긴 해요. 작품에 대해서 느낌이 좋다, 안 좋다 정직하게 털어놓으면 될 일이지만, 상대를 어떻게 존중하는 게 서로 자유로워지는지 '따로 또 같이'에 대해 생각해볼 필요가 있다고 봐요. 제가 전에 함지박 속에 있는 게 이야기를 한 적이 있어요. 함지박 속에 게가 한 마리만 들어있을 때는 바깥에 나오지 못하는데 여러 마리가 있으면 서로 엉켜서 딛고 나오다 보면 마침내 함지박 빠져나가는 길을 찾게 돼요. 나중에는 마지막 남은 한 마리까지도 바깥으로 나옵니다. 이런 과정이 바로 합평회에서 일어난다고 생각하면 될 거예요. 그래서 합평회를 진행할 때도 약간의 순서를 정해서 진행하는 것이 좋습니다.

그러면 합평회를 시작해 봅시다. 기왕이면 모의 합평회를 하듯이 해볼까요?

자, 여기 한 사람이 작품을 펼쳤어요. 맨 처음에 뭘 해야 될까요? 많은 사람들이 작품이 나오면 문장의 알리바이부터 검토하기 시작합니다. 이 구절이 맞다, 틀리다, 이런 거요. 대개는 또 단점을 먼저 찾는 경우가 많지요. 그런데 사실, 작품이 명징하기가 쉽지 않습니다. 작품의 내용이 명징하게 드러나는 건 보통 대가급 반열에 들었을 때 나타나는 현상이에요. 문학적 기량이 절정에 이르러서 자기가 다루고자 하는 걸 문장에 또렷이 드러내게 될 정도면 모르지만, 등단을 준비하고 있거나 아직 자기 목소리를 만들어내지 못한 상태에서는 가장 부족한 게 명징성이에요. 특히 의도한 바와 문자로 표현된 바가 일치되지 않는 경우가 많단 말예요. 이걸 뭐라 할 수 있느냐면 예전에 어떤 운전수한테 들은 이야기 중에 유격차라고 하는 표현이 있습니다. 운전수가 핸들을 움직였을 때 바퀴가 바로 움직이는 게 아니라 어느 지점까지는 움직이지 않아요. 약간의 간격을 두고 바퀴가 걸려서 움직이는 거죠. 그래서 핸들과 바퀴 사이에서 발생하는 미세한 오차를 유격차라고 합니다. 이 유격차가 좀 큰 것이 아마추어예요. 우리가 삶과 표현에 대해서 공부하지만, 사실은 어떻게 얘기해도 표현은 삶 자체가 아닙니다. 까닭에 삶의 체험이 그대로 전달되기가 어려워요. 유격차가 큰 작품을 놓고 전체를 다 파악했다고 생각하면 곤란해요. 어떤 것은 작자가 의도한 것이 독자 눈에 잘 안 띄는 수도 있는데, 그런 상태에서 바로 논평을 하기 시작하면 오류가 발생하기 쉽습니다. 그래서 작가는 달리 썼는데 읽는 자는 그렇게 생각하여 썼다고 우기는 경우가 생기죠. 이거야말로 난처한 상황이 아닐 수 없어요. 아무리 쉬운 글도 내용을 깊이 있게 공유하지 않으면 작품 이야기가 서먹하게 됩니다.

사실 작품이 쉽다, 어렵다 하는 것도 내용의 크기나 성취의 높이를 규정하는 요소가 아닙니다. 어떤 시대에는 쉽게 쓰는 데 몰두하고 어떤 시대에는 높이를 쌓는 데 집착합니다. 그래도 어떻든 작품을 이야기하려면 전체 내용을 공유하는 게 중요해요. 제 생각에는 평론도 이런 토대에서 훈련할 필요가 있어요. 국제적으로 권위 있는 인식 틀을 사용, 과시하기보다 작가나 독자보다 한발 앞서가는 감식안이 성장하려면 항상 작품 전체의 맥락을 놓치지 않는 습관이 필요합니다. 읽는 자가 자기 논리를 구성하느라 쓰는 자의 것을 부정확하게 한 구절씩 따서 사용하는 것은 자못 심각한 폐단이에요. 또한 권위 있는 이론 틀에 짜 맞추기 위해서 암호 해독하듯이 분석하기로 들면 세상에 명작이 아닌 것이 없고 똑같은 이유로 졸작이 아닌 것 또한 없습니다. 아무리 삼류 싸구려 책들도 어휘 한두 개 따고, 문장 한두 줄 빌려 그 부분만을 특화시켜서 설명하면 공부를 많이 한 사람은 의미부여를 할 게 많을 테고, 적게 한 사람은 적을 것인바 자칫 작품이 전달하는 바와는 아무 상관없는 논리가 형성되기 쉽죠. 이런 건 비평이 겸손을 잃었을 때 발생되는 잘못이 아닐까 생각합니다.

그래서 합평회를 잘하려면 반드시 전제해야 할 것이 있어요. 첫째, 내용 파악의 과정을 충실하게 밟아야 한다는 겁니다. 전체 내용을 모르는 채 지엽적인 결점을 문제 삼는 것은 잘못입니다. 최소한 언제 어디서 어떻게 있었던 삶의 이야기인가는 알아야겠죠. 물론, 서사 문학은 사회적 관계망 속에 놓여 있는 인간을 다루고 서정 문학은 세계와 대결하고 있는 자아의 문제를 다루니 시 읽기와 소설 읽기의 초점은 다릅니다. 그러나 공통점은 둘 다 인간형을 창조한다는 것이고, 그것이 언제 어디서 어떻게 놓여 있었던 인간일 수밖에 없다는 점이에요. 그래서 소설에서는 주인공이 놓여 있는 맥락을, 시에서는 서정적 화자의 목소리를 포착해야 합니다. 개인적인 생각입니다만 그림 감상을 할 때도 드러나 있는 것보다 그것을 포착하고 있는 눈이 핵심일 때가 많습니다. 언제 어디서 어떻게 있었던 삶의 이야기인가. 그것은 추상적인 세계를 다룬 작품도 마찬가지입니다. 작품의 목적이 카오스라면 그것조차도 언제 어디서 어떻게 발생된 카오스인가, 라고 질문해야 해요.

의사보다 환자가 좋아

그럼 내용파악을 어떻게 해야 잘하는 걸까요? 제가 가지고 나온 시가 정희성의 「숲속에 서서」라는 작품입니다.

인간의 말을 이해할 수 없을 때

나는 숲을 찾는다

숲에 가서

나무와 풀잎의 말을 듣는다

무언가 수런대는 그들의 목소리를

알 수 없어도

나는 그들의 은유를 이해할 것 같다

이슬 속에 지는 달과

그들의 신화를

이슬 속에 뜨는 해와

그들의 역사를

그들의 신선한 의인법을 나는 알 것 같다

그러나 인간의 말을 이해할 수 없다

인간이기에

인간의 말을 이해할 수 없는

나는 울면서 두려워하면서 한없이

한없이 여기 서 있다

우리들의 운명을 이끄는

뜨겁고 눈물겨운 은유를 찾아

여기 숲속에 서서

　어떻습니까? 좋죠? 이 시를 어렵다고 생각할 분은 별로 많지 않을 겁니다. 그러나 중고등학생 시험 보듯이 분석을 요구한다면 아마 특별한 암기력에 의존하지 않는 이상 쉽게 설명할 수 있는 작품도 아닙니다. 가슴으로는 빨리 통하지만 말로 변형시킬 때는 상당히 어려워요. 대개 시의 매력이 이런 데 있어요. 제가 고등학교 2학년 때 좋아한 시인이 이성부인데 그의 「봄」을 당시에 자못 불만스러워 했어요. 그토록 대단한 시인이 왜 이 작품에는 유독 세련된 표현이 없을까? 그래서 "기다리지 않아도 너는 오고 기다림을 잊었을 때마저도 너는 온다." 이렇게 재미없는 말투성이일까 싶었던 거예요. 그런데 마흔 살이 되는 생일날 그 시를 다시 읽고 깜짝 놀랐습니다. '아, 이게 그런 내용이구나. 신념이란 때로 위험한 것이기도 해. 우리는 목적지를 향해 가다가 저 문턱만 넘으면 꿈을 이루는 것이라고 생각할 때 머나먼 낭떠러지 바깥에 놓여있기도 하고, 이제 나는 더 이상 재생이 불가능할 만큼 망가지고 말았어, 하고 생각할 때 사실은 다음날 눈만 부비고 나면 문턱을 넘을 수 있는 마지막 지점에 다다라 있기도 하는구나.' 어떤 부분을 기점으로 삼아서 잘 살아보려 노력을 해도 바다가 파도로 연결돼 있는 것처럼 인간의 삶도 끝없이 파도로 연결돼 있어서 어느 한 지점을 기점으로 잡을 수도 없습니다. 그래서 작심삼일이 있는가 하면, 삶이 끝없는 벌판이기도 하고, 머나먼 바다이기도 하죠.

시는 이렇게 오랜 세월에 걸쳐 읽으면 읽을수록 크고 깊은 내용이 읽혀지기도 해요. 멀리, 넓게, 깊이 그리고 많이 확장되는 것이 훌륭한 시입니다. 그래서 섣불리 읽은 것이 정답이라고 보기 어려워요. 제 생각에 정희성의 「숲속에 서서」란 작품도 크고 깊고 넓은 작품입니다. 자, 이 시의 내용을 속속들이 알려면 어떻게 해야 할까요?

아마 그런 경험들이 있을 텐데요. 친구들과 극장에서 영화를 보고 뭔가 여운이 남아서 커피를 마셔요. 그러다 영화 이야기가 나와서 인상 깊었던 장면들을 골라 봅니다. "가장 멋있는 장면은 이 장면이었어." 누가 말하면 "아냐, 나는 저 장면이 좋던데." 이러다 보면 결국 의견 일치가 돼서 베스트 텐이 골라져요. 내용 파악에 가장 바람직한 길은 바로 이런 대화를 나누는 겁니다. 처음에는 가지고 놀아야 돼요. 나는 이 시에서 "이슬 속에 지는 달과 그들의 신화를, 이슬 속에 뜨는 해와 그들의 역사를, 그들의 신선한 의인법을 알 것 같다."가 가장 좋다고 말하는 사람이 있는가 하면 "숲속에 서서"라고 하는 제목이 제일 좋다고 말하는 사람도 있을 겁니다. 그러다 보면 작품의 실체가 파악이 돼요. 특히 "숲속에 서서"라고 이야기하는 화자의 상태가 파악이 됩니다. '언제 어디서 어떻게 있었던 시적 화자인가. 그는 무엇을 향하고 있고 심리 상태는 어떤가, 그 정신세계를 어떻게 설명할 수 있는가.' 이렇게 확장될 수 있어요.

합평회가 재미있는 건 또 쓴 사람이 동참해 있다는 점이에요. 누군가 작품을 가지고 나와야 하니까요. 그래서 기막히게 좋은 방법 중 하나가 쓴 자에게 물어보는 겁니다. 형상화가 미숙할수록 명징성이 떨어지기 때문에 미학적 수준이 최정상에 도달한 작품을 대하듯이 하는 게 오히려 어색해요. "이런 구절은 왜 나왔을까" 하면 쓴 사람이 "그건 내가 어떤 상태였는데 이런 부분을 표현하고 싶어서 써 봤어. 마음에 안 들어서 고치다 보니 좀 달라졌어." 이런 식으로 설명해주면 명확해지죠. 작가가 창조한 서정적 화자가 누구이고 왜 이게 이런 데서 이런 식으로 드러나는지가 토론자들에게 발견되는 겁니다. 여기에서 다시 강조하지만 소설은 서사와 성격의 관계가 파악이 돼야 하고 시는 서정과 성격의 관계가 파악이 돼야 한다는 겁니다. 그럼 내용 파악이 이루어진 셈이라 나머지는 그것들을 채우고 있는 살에 속해요.

그럼 「숲속에 서서」를 다시 볼까요?

"인간의 말을 이해할 수 없을 때 나는 숲을 찾는다."

사람이 서로 알아듣지 못하는 이야기를 하는 경우는 많습니다.

그렇게 잘 통하는 친구들끼리도 전혀 알아들을 수 없는 말을 할 때가 있어요. 코드가 다르고 느낌이 다를 때 난처해지죠. '아니 갑자기 외국어로 말하네.' 그 친구가 왜 그렇게 말했는지, 거짓말이었는지 아니었는지는 모르지만, 하는 뭐 이런 경우가 있는 거죠. 시적 화자는 그럴 때 숲에 간다는 거예요.

"숲에 가서 나무와 풀잎의 말을 듣는다."

나무와 풀잎은 말을 하지 않지만 거기에서 어떤 언어가 전달돼 오는 거예요. '무언가 수런대는 그들의 목소리를 알 수 없어도 그들의 은유를 이해할 것 같은' 거죠. 존재하는 것들은 모두 자연의 질서대로 살고 있어요. 자연에게는 위선과 거짓이 없습니다. 와 닿는 대로예요.

"이슬 속에 지는 달과 그들의 신화를, 이들 속에 뜨는 해와 그들의 역사를, 그들의 신선한 의인법을 알 것 같다."

그들의 삶의 방식, 숲에 놓여있는 이슬과 풀과 나무들과 물소리들이 가르쳐 주는 진실이 사실 삶의 진실이에요. 그것들이 존재하는 것을 화자는 의인법이라고 말하는 거예요. 살아있는 인간의 삶은 아니지만 살아있는 인간의 삶의 참모습이 무엇인지를 가르쳐주는.

"그러나 인간의 말을 이해할 수 없다, 인간이기에 인간의 말을 이해할 수 없는 나는 울면서 두려워하면서 한없이 한없이 여기 서 있다."

세상을 농락하고 거짓말하는데, 그것이 얼마나 두려운 일입니까.

밤 골목에서 바람이 지나가고 나뭇잎이 스슥거리는 소리가 들리는 것이 무섭지 않았는데 인간의 발자국이 들리면 무섭고 그런 것 말입니다.

"우리들의 운명을 이끄는 뜨겁고 눈물겨운 은유를 찾아 여기 숲속에 서서."

이 작품을 깊이 읽어 들어가 보면 뭘 만나느냐면, 정희성 시인은 성격이 고요하죠. 정갈하잖아요. 시가 얼마나 맑고 깨끗한 어휘들로 가득 차 있습니까? 펼쳐지는 풍경도 그래요. 정말로 신선한 숲속에서 이슬 냄새 머금은 바람이 불어오는 것 같은 작품이죠. 이 작품 속에 담긴 영혼의 연배를 추정해 보면 어떨까요. 노인의 언어일까요, 젊은 사람의 언어일까요? 청년의 것임을 알 수 있어요. 맑고 깨끗하고 순결한 지점에 서 있는 청년, 더 깊이 파고 들어가면 청년 학생의 목소리인지도 몰라요. 그런 목소리로 세상에 가득 차 있는, 그러니까 사람이 하는 말을 못 알아먹는 사람이 아니라 이슬 속에 지는 달과 그들의 신화, 이슬 속에 뜨는 달과 그들의 역사, 그들의 신선한 의인법을 알 것 같다 라고 말하는 사람이 다른 사람의 말의 맥락을 못 알아들을 리가 있겠습니까? 근데 왜 모른다고 하느냐. 옳지 않은 말, 이상한 말을 하니까 못 알아듣겠다고 하는 거죠. 누군가가 세상을 속이는 곡학아세 같은 것 말이에요. 이 시에서 겨냥하고 있는 것은 사실 체제이자 세속사회입니다. 아주 고요하고 깨끗하고 맑지만 상당히 저항적인 작품임을 알 수 있어요. 어떤 순결함이 속되고 타락한 세상에 대한 저항과 분노를 가지고 있는 상태

입니다. 이 작품은 사실 유신 정권과 군사독재, 조국과 민족을 위한
다고 해놓고 정반대의 길을 갔던 사람들에 대한 저항과 분노를 아
주 서정적인 언어로 담고 있습니다.

이렇게 서정적 화자가 놓여 있는 지점이 파악되면 시의 실체를
알 수 있고, 시의 실체를 알고 있으면 다음 진도가 나갈 수 있을 거
예요. 내용 파악 다음에 논의해야 할 것은 '진정성이 있는가' 하는
문제입니다. 진정성이 있으면 실패작에서도 공감이 생길 때가 많아
요.

글을 쓸 때 자기가 가진 최대치를 드러내려고 노력해야지 뭔가
위험스러워서 실패하지 않으려고 노력하면 오히려 실패할 가능성
이 더욱 커집니다. 제가 「창작 실제에서 부딪히는 나머지 문제들」
에서 작벽과 변주 문제를 이야기하면서 안전빵주의가 가장 큰 적이
라고 말씀드렸죠. 안전빵주의에 사로잡히면 예술정신은 종점에 닿
습니다. 작가는 무사가 칼을 휘두르듯이 언어를 다뤄야 합니다. 과
감할 필요가 있어요. 그런데 그럴 수 있는 동력이 어디에서 나오느
냐면 진정성에서 나와요. 진정을 담아서 하는 이야기와 그렇지 않
은 것을 읽는 자가 어떻게 알까 싶지만 문자 행위라는 게 참 절묘합
니다. 한 번 실험해 보세요. 말과 글 중 어느 것이 마음을 속이기가
쉬운지. 마음을 글로 옮겨놓으면, 거기서 풍겨 나는 느낌이라고 하
는 것은, 독자를 속일 수 없어요.

예를 들어서 '민주주의여 만세'를 수없이 많은 정치인들이 외쳤
어도 전부 거짓말처럼 받아들이는데, '민주주의여 만세'를 가지고

시를 써서 성공한 사람도 있어요. 김지하의 「타는 목마름으로」는 신새벽에 뒷골목에서 남몰래 흐느끼며 숨죽여서 그것도 엎드려서 너의 이름을 부릅니다. 민주주의여 만세. 여기서 남몰래 숨죽이고 흐느끼고 그것도 엎드려서 이렇게 자기 자세까지 낮춰가며 민주주의여 만세를 부른 지점, 바로 그렇게 자세를 낮춰가는 과정에서 진정성이 획득된단 말예요. 예술에서 진정성을 얻으면 실패작에서도 공감이 생긴다! 이 부분은 다음 작품의 갈 길을 이끌어주는 아주 소중한 것입니다.

진정성이 획득되면 실감의 크기가 커지는데 어떤 경우에는 이 실감이 독자의 한계에 의해 전달되지 못하는 수도 있습니다. 독자가 못 알아먹는 수도 있다는 거죠. 다음은 중국의 루쉰이 했던 이야기입니다.

다른 사람의 작품을 이해하려면 여러 가지 곤란한 점이 생기기 마련입니다. 그중 가장 큰 것이 바로 각자의 상이한 경험으로 인해 마음이 그대로 전달될 수 없다는 것입니다. 그래서 언제나 아주 중요하고도 전치한 부분을 읽고도 전혀 느낌이 없다가 나중에 그와 유사한 경험이 있고 나서야 그를 이해하는 일이 생기게 되는 것입니다.

여기에서 한 가지 참고할 말이 문학평론가 유종호가 쓴 용어인데요. '주체적 독자' 혹은 '능동적 독자'가 있어요. 어떤 작품에서 내용 전달이 잘 되거나 안 된 이유가 반드시 작가의 몫만은 아니라는 거예요. 그걸 스스로 극복해가는 독자를 주체적 독자, 능동적 독자라 표현한 겁니다.

이렇게 해서 진정성에 대한 평가를 하고 나면 이제 예술적 성취 여부를 물어야 할 차례가 되는 것 같습니다. 이제 「숲속에 서서」 내용 파악은 됐고, 진정성은 느껴집니까? "인간이기에, 인간의 말을 이해할 수 없는 나는 울면서 두려워하면서 한없이 한없이 여기 서 있다." 여기서 한없이를 한 번 더 반복할 때 어떤 절실한 느낌이 오는 것 같아요. 이 진정성 위에서 이제 예술적 성취 여부를 살펴보는 게 좋겠어요. 그를 위해 표현의 내적 질서를 눈여겨볼 필요가 있겠죠. 작품의 예술적 성취 여부를 묻는 단계에서 디테일들이 맞는지, 표현의 알리바이를 검증할 필요가 있습니다. 지금 이 시는 그런 데서는 거의 완벽에 가까운 완성도를 가지고 있는 작품이라 흠을 찾아내기가 굉장히 어려워요. 하지만 기성 작가의 글에서도 알리바이가 안 맞는 경우를 많이 봅니다. 예를 들어서 어떤 작품에, 등장인물이 산에서 산사람을 만난 다음에 돌아섰다가 주우욱 미끄러졌어요. 그리고 잠시 후에 그 옆 사람이 손을 잡아주는 장면이 나와요. 경사진 언덕에서 주우욱 미끄러지면 최하 2~3미터 간격이 벌어질 텐데 옆 사람이 어떻게 손을 잡아줄 수 있을까요? 이런 게 독자의 몰입을 가로막는 흠결들이에요.

짧은 노랫말에서도 그런 예가 종종 생겨납니다. 제 기억에 1970년대 후반에 〈망부석〉이라고 하는 대중가요가 크게 유행했습니다. 이 노래가 특유의 호소력에 힘을 입어서 굉장히 유행을 하다가 어느 순간에 풀이 꺾입니다. 무엇 때문이냐면 어떤 주간지에서 '제비는 밤에 울지 않는다' 하고 비판한 겁니다. 지아비를 잃고 밤에 잠 못 드는 여인네의 시름을 그린 노래라 모든 진정성의 뿌리가 잠 못 이루는 데서 나오는데 "제비는 밤에 울지 않는다." 하니 김이 쏙 빠지고 마는 거죠. 전제가 거짓인데 이후의 진정성이 어떻게 유지될 수가 있겠습니까? 이걸 놓고 "세부의 비진실성은 전체의 진실성에 파탄을 가져온다."고 말하는 겁니다. 비슷한 맥락일 텐데 시인들이 종종 출판사와 다투는 것 중 하나가 오자, 탈자 문제입니다. 단지 사소한 실수 하나에 불과한데 독자는 그 때문에 작품 전체에 대한 신뢰를 저버릴 때가 많거든요. 근데 합평회가 이것에 몰두하는 건 제가 볼 때는 참 소모적이에요. 쓴 사람은 "나는 겪은 대로 썼다." 읽는 사람은 "그게 말이 되냐. 개연성이 없다." 이런 싸움이 얼마나 흔한지 몰라요. 그런데 의외로, 좀 좋은 출판사들은 그런 걸 거의 놓치지 않고 다 잡아냅니다. 그런 건 논란거리라기보다 발견하는 대로 지적해주고 지적당하는 대로 고치면 되는 일입니다.

라이언 일병 구하기

　이제 작품의 미학적 완성도에 대해서 생각할 순서가 되었습니다. 앞 장에서 제가 자연미, 사회미, 인간미에 대해 설명해 드린 적이 있습니다. 자연미가 기가 막히게 살아난 작품들이 있습니다. 그걸 통해서 사회미가 살아나는 작품도 있습니다. 세 가지가 한꺼번에 승화돼서 살아나는 작품도 있습니다. 정희성의 「숲속에 서서」는 "숲에 가서 나무와 풀잎의 말을 듣는다, 이슬 속에 지는 달과 그들의 신화를, 이슬 속에 뜨는 해와 그들의 역사를, 그들의 신선한 의인법을 나는 알 것 같다." 같은 대목에서 자연미도 굉장합니다만 계속 소리 내어 낭송해보면 사회미, 인간미로 승화됩니다. 대체적으로 이런 작품들은 시인이 많이 갈고 닦고 다듬고 한 공력 표시가 나잖습니까? 받침 하나 군더더기가 없잖아요. 털어낼 것은 다 털어내고 최소의 언어로, 아주 정갈스럽게 다듬어 놨어요. 전체에서 오는 가장 큰 장점, 가장 큰 단점을 하나하나 따지게 되면 작품의 미학적 완성도의 최고봉인 천의무봉, 즉 하늘이 내려준 옷이니까 꿰맨 흔적이 없는 상태가 되죠. 이런 걸 미학적 완성도가 높다고 하겠습니다.

대체로 우리가 합평회할 때 만나는 작품은 그렇기가 쉽지 않죠. 그래서 그런 부분들을 지목해 "이 부분은 약간 어색한 뉘앙스가 옵니다, 이 부분은 약간 어땠으면 좋겠습니다", 이런 의견들을 나눌 수 있을 것 같아요. 그래놓고 나면 작품이 얻어낸 상징체계에 대해서 다시 논의를 해볼 수 있겠지요. 제가 앞에서 『아홉 살 인생』과 『나의 라임오렌지나무』를 놓고 이야기하면서 『아홉 살 인생』에는 '라임오렌지나무'가 들어있지 않다는 이야기를 한 적이 있는데 바로 그 상징체계, 알레고리 이런 게 거기에 작용하는 겁니다.

어디서 읽었던 구절 하나를 예로 들어보겠습니다.

진리를 인식하는 것은 불가능하지만 그 진리에 대해 말하지 않을 수 없을 때 알레고리가 발생한다.

어떤 문제들은 어떤 상징체계를 동원해서 알레고리를 찾아 연결시키지 않으면 설명이 안 돼요. 형상화 문제를 이야기할 때 형상이 아닌 것을 형상이 되게 만들어서 형상화가 되는 것처럼, 감동의 형태는 모양을 가지고 있지 않은 건데 이게 담길 수 있는 모양이 지상에는 반드시 있죠. 그래서 그걸 찾아서 담아놓으면 사람들이 잊지 않습니다. 『난장이가 쏘아올린 작은 공』의 난장이나 『양철북』의 양철북 같이 말이에요.

물론 그것을 찾아내는 것은 쉬운 일이 아닙니다. 까닭에 작가들이 글 쓰면서 굉장히 많은 날을 사색하고 고민하고, 계속 걸으면서도 또 밥을 먹으면서도 생각하죠. '이쯤 되면 내가 담으려고 하는 게 담길까?' 그걸 잘 찾아냈는지 못 찾아냈는지에 대한 이야기를 해주고 같이 상의해주는 게 중요해요. 대단히 의미 있는 것을 잡담하듯이 이야기하다 찾아내는 경우도 많아요. 그래서 이런 합평회가 활성화 된다면 다들 좋아하겠죠. 한 편 한 편 쓸 때마다 빨리 가서 동료들에게 보이고 반응을 듣고 싶겠죠. 이게 문학수업의 핵심 아닙니까?

　그 다음에 생각해볼 만한 것이 그 작품이 거둔 객관적인 성취의 크기, 즉 사회적 의의를 타산해보는 일입니다. 사회적 의의가 큰가 작은가, 지금 우리의 당대적 감수성에 비추어서 파문을 일으킬 만한 작품인가 아닌가, 목이 타고 갈증이 날 때 시원한 냉수 한 사발 역할을 할 수 있는가 없는가 하는 따위를 이야기해보는 일 말예요. 일기나 생활 글은 전부 구체적인 관계 속에서 나오는 거지만 대체로 작가가 쓰는 글이라는 것, 작품이라는 것은 공적인 활동에 속합니다. 공공재산이에요. 이 또한 세계를 향한 개인의 고독한 외침이지만 공공의 성격을 갖는다는 거예요. 그래서 작품 주인공의 문제는 작가의 문제이면서 시대의 문제이자 세상의 문제일 수 있는가, 그 사람의 문제일 뿐 아니라 우리 모두의 문제이기도 한가를 생각해 볼 필요가 있는 겁니다.

　아주 사소하게 작은 이야기로, 일상의 삶을 통해서, 엥겔스가 이야기했듯이 오직 장면과 형상을 통해서, 작가가 세상에 외치고자 하는 바가 흘러나와야 합니다. 그런 의미에서 작은 이야기들로 가득 차 있는 것이 큰 이야기를 안고 있느냐가 아주 중요한 문제예요. 정희성의 「숲속에 서서」는 개인의 아픔을 이야기하는 것 같지만 읽을수록 세상의 문제로 확장이 됩니다. 작은 이야기와 큰 이야기가 행복하게 통일된 경우라 할 수 있겠지요. 그러면 이 작품의 사회적 의의를 타산하기는 어떻습니까?

그 다음에 이야기할 만한 문제가 '객관적 지평선을 향해 내던져 보기'예요. 객관적 지평선이라는 말을 세 글자로 고쳐 쓰면 '문학사'가 되겠네요. 작품의 내적 규율만 놓고 좋다 나쁘다 말할 것이 아니라 한국 문학사 혹은 세계 문학사 안에 던져놓고 의미 있는 도전이 담겨 있는지 읽을 필요가 있습니다. 신인일수록 낡은 세대가 아니고 새로운 세대일수록 새로운 목소리를 안고 나오기 마련입니다. 그럼 새로운 감각이 투영되겠죠. 전세대의 대가들이 하지 못했던 것이 태어날 수도 있죠. 예술의 적은 무사안일주의입니다. 제가 첫 시간에 말씀드렸죠. 고래는 아무리 커도 물살이 흐르는 대로 따라 흐르지만 살아있는 송사리는 아무리 작아도 물살을 거슬러 오를 줄 압니다. 자기가 가고자 하는 방향이 있어요. 살아있는 송사리는 전 방향이 열려 있지만 죽은 고래는 아무리 커도 흐름에 얹혀 가는 것 외에는 방법이 없습니다. 무수히 많은 죽은 고래들에게 왜 살아있는 송사리가 주눅 들어야 됩니까? 흔히 제도권에 편입되는 것을 경계하는 이유는 자기 확장의 방향을 상실하기 때문입니다. 기성작가들이 쌓아놓은 어마어마한 성채 속에 들어가 그 일부가 되는 게 아류로 가는 지름길입니다. 그래서 끝없이 자기 감각으로 도전해야 기성세대가 갖지 못한 어떤 걸 얻게 되겠죠. 가령, 서울에 대한 작품이 나왔다고 한다면 그런 소재 혹은 주제의 작품을 문학사 안에서 찾아서 비교검토 해보자는 거예요. 빈집이라는 소재가 나왔다고 하면 이 빈집이 일제강점기 때는 어떤 모습을 하고 1960년대에 포착될 때, 1980년대나 그 후에 포착될 때가 다를 거란 말예요. 그럼 빈집이라는 단일 소재의 역사성도 눈여겨보면서 그것이 시대에 따라 어떻게 변천해 가는지, 문학사 안에서 어떤 새로운 페이지를 만들어 가는지 찾아볼 수 있겠지요.

대략 여기까지 이야기가 되고 나면 한 작품을 통해 합평회에서 할 수 있는 이야기는 거의 다룬 겁니다. 그렇지만 합평회가 동료들끼리 모여서 하는 것임을 상기해보면 아직도 욕심나는 것이 없지 않아요. 모처럼 동료들이 만났으니까 문학의 외연까지 이야기해 볼 수 있는 기회가 아닐까 생각합니다. 그래서 제안하고 싶은 것이 작품의 공유 형식까지 토론할 필요가 있지 않겠는가, 하는 것까지 합평회의 범위에 넣자 이겁니다.

대학교 문학동아리들을 보면 수명이 긴 동아리는 반드시 몇 명의 내공 있는 터줏대감이 있기 마련이에요. 그들의 작품은 합평회 때는 구경하기 어렵습니다. 나중에 동아리의 대표작을 추천받아서 문예지에 소개하고 싶다고 주문하면 합평회에서 볼 수 없었던 놀랄 만한 작품이 나와요. 무슨 얘긴가 하면 활자 문화의 권위가 너무 큰 나머지 활자화되지 않는 모든 장소에는 발표하지 않는 사람들이 꼭 있다는 겁니다. 사실 문예지에 발표하는 경우와 몇 천 명의 대중이 결집된 장소에서 낭송된 경우를 비교하면 어느 쪽이 공유가 더 많이 되겠습니까?

문학이 존재하는 형식은 다양한데 한국 문학이 활자 매체에 대해 갖는 편애는 지나치게 심해요. 낭송 문화가 억압되어 있습니다. 요즘 일고 있는 낭송운동은 방송에 나오는 아나운서를 흉내내듯이 어떤 억양의 틀을 따라 정형화되었죠. 그게 웅변학원에서 배운 건 아니지만 그래도 매너리즘에 빠져 있는 부분들은 고쳐야 할 덕목입니다. 시뿐만 아니라 소설도 낭독회를 보면 감동이 오더라고요. 신문에 보니 귄터 그라스의 『광야』를 세계 각국의 번역자, 언론사 기자들을 모아놓고 낭독회를 했어요. 좀 쉽게는 우리가 라디오의 편지 낭독하는 프로그램 있잖아요. 그걸 봐도 산문이 결코 낭독이 안 통하는 장르가 아닙니다. 어떤 경우에는 영화보다 더 재미있어요. 낭송, 낭독, 혹은 주변 장르와 연계 발표, 이런 걸 검토해볼 필요가 있어요. 그런 논의 끝에 다수가 이건 신춘문예를 통해서 발표하면 좋겠다, 혹은 누구 생일날이나 누구 결혼식 때 축시로 읽으면 좋겠다, 아니 어떤 홈페이지 간판으로, 또 이건 표구에 담아서 걸어뒀음 좋겠다, 하는 지점까지 두루두루 살펴볼 필요가 있겠단 생각이 듭니다.

지금까지 합평회 설명을 예로 들면서 정희성 시인의 「숲속에 서서」를 이야기하다 보니까 소설 쪽의 예가 빠뜨려진 감이 있습니다.

서사문학에서 관심을 갖고 이야기할 만한 것들을 예로 들지 못했으니, 소설 합평회에서 느꼈던 거 한 가지만 추가해볼까 합니다. 소설이 서사를 구현하기 위해서 사용하는 문장 도구는 크게 세 가지죠. 하나는 서술, 하나는 묘사, 그리고 대사입니다. 서사가 20세기 근대에 들어서 특히 강조하고 발달한 게 묘사입니다. 일본의 비평가 가라타니 고진은 근대소설의 시작을 '풍경의 발견'에 둡니다. 묘사 중심주의 소설이 근대소설이라는 얘기예요. 그간 우리가 알고 있는 작품들은 대부분 묘사 중심의 작품들이죠. 신춘문예 작품, 또 박완서 작품들은 모두 묘사가 핵심입니다. 묘사는 사물의 가상 자체를 시각화하면서 생겨난 것이에요. 사물의 가상 자체가 시각화돼서 계속 우리 눈에 확인되듯이, 영사기로 찍어서 보여주듯이 비춰준 것이 묘사입니다. 그래서 시각적인 효과가 모든 소설적 인식의 중심에 놓였던 시대가 근대이고, 근대는 바로 묘사의 시대였으니 여기에 치중을 해서 작품을 쓰고 있습니다. 그러다보니까 소설 합평회를 하면 이 묘사의 세부 내용이 합평회 내용의 전체가 되다시피 해요. 언제나 그것만 가지고 토론합니다.

그러나 서사가 현실에 동참하는 수단이라면 묘사는 현실의 사건을 관찰하는 행위에 불과한데, 이 관찰된 내용만 가지고 계속 이야기를 하고 있으면 서사와 시대의 관계, 이 소설의 앞에서 이야기했던 절반의 것들이 오차가 발생하겠죠? 그래서 20세기를 벗어나서 21세기 문화로 넘어오면 묘사의 축소 현상이 두드러집니다. 그리고 묘사 자체에만 의존하려고 하지 않습니다. 가령 박민규의 문체가 그래요. 이런 경향들을 우리가 어떻게 봐야 할 것인가 하는 문제가 상당히 중요해요. 이게 소설 쓰는 사람들이 약간 혼란을 겪는 부분이 아닌가 생각합니다. 묘사 중심주의가 가져다주는 한계를 20세기가 지나가면 문학은 굉장히 뼈아프게 느끼고 그 한계를 빨리 벗어나려고 노력하기 시작합니다. 예를 들어 볼게요.

영화 〈블랙 호크 다운〉은 총알이 날아가는 것까지 포착할 만큼 극단적 묘사주의를 담고 있습니다. 전쟁의 실감을 묘사의 강화로 잡아내려고 힘을 쏟은 작품인데, 그래서 전쟁의 실감이 높아졌습니까? 이것을 근대 물량주의의 한계라고 말할 수 있을지 모릅니다. 제가 생각할 때 〈라이언 일병 구하기〉의 무지막지한 장면들도 사실은 이런 경향의 한 부분이라고 생각됩니다. 데카르트적 이성에 기초한 재현은, 자본주의 사회에서 묘사의 강화를 낳았고 이것은 결과적으로 서사를 해체시킵니다. 서사 자체는 계속 약화되고 묘사만 강화되어 가분수가 되고 마는 경향 때문에 묘사가 약해지면서 서술이 강해지는 쪽으로 작품이 흘러가고 있어요. 밀란 쿤데라도『농담』이후의 변화 과정을 보면『불멸』을 지나면서부터는 확실히 묘사 중심주의가 아니에요. 조선시대에 완물상지(玩物喪志)라는 말이 있습니다. 물(物)에 집착하다 보면 뜻을 잃는다고. 그래서 묘사의 강화를 통해 서사가 강화된다고 생각했던 것이 서사의 강화로 인해 묘사를 축소해가는 경향으로 흘러가는 게 지금 소설의 흐름이 아닌가 생각해 봅니다.

자, 여기까지, 합평회에서 바람직한 경로를 이야기해 봤습니다. 제가 창작관에서 이야기하려던 것이 모두 끝난 거예요. 이제 작가는 어떻게 살아야 하는지, 작가는 어떤 존재인지, 이런 작가관의 문제가 남는데 이건 또 전혀 다른 파트가 되겠습니다. 그럼 제가 제3권도 쓰겠다고 약속하는 셈이 되는 건가요?

하여튼, 열심히 경청해주셔서 감사합니다.

지은이 **김 형 수**

1959년 전라남도 함평에서 태어났다. 1985년《민중시 2》에 시로, 1996년《문학동네》에 소설로 등
단했으며 1988년《녹두꽃》을 창간하면서 비평 활동을 시작했다. 다양한 장르를 넘나드는 정열적인
작품 활동과 치열한 논쟁을 통한 새로운 담론 생산은 그를 1980년대 민족문학을 이끌어온 대표적인
시인이자 논객으로 불리게 했다. 시집 『빗방울에 대한 추억』, 장편소설 『나의 트로트 시대』, 『조드—
가난한 성자들 1, 2』, 소설집 『이발소에 두고 온 시』, 평론집 『반응할 것인가 저항할 것인가』 외 다수
와 『문익환 평전』, 『소태산 평전』, 고은 시인과의 대담집 『두 세기의 달빛』, 『고은 깊은 곳』, 작가 수업
제1탄 『삶은 언제 예술이 되는가』 등의 저서가 있다.

작가수업 2

삶은 어떻게 예술이 되는가

2015년 9월 14일 초판 1쇄 펴냄
2024년 9월 12일 초판 5쇄 펴냄

지은이 김형수 | **펴낸이** 김재범
펴낸곳 (주)아시아 | **출판등록** 2006년 1월 27일 | **등록번호** 제406-2006-000004호
주소 경기도 파주시 회동길 445(서울 사무소: 서울시 동작구 서달로 161-1 3층)
홈페이지 www.bookasia.org | **이메일** bookasia@hanmail.net

ISBN 979-11-5662-166-9 04800
    979-11-5662-165-2 (set)

* 값은 뒤표지에 표시되어 있습니다.